봉신연의 9

지은이 허중림
옮긴이 김장환

도서출판 신서원

역사여행 25 **봉신연의 9**

　2008년　6월 20일 초판1쇄 인쇄
　2008년　6월 25일 초판1쇄 발행

　지은이 ▪ 許仲琳
　옮긴이 ▪ 김장환
　펴낸이 ▪ 임성렬
　펴낸곳 ▪ 도서출판 신서원
　　서울시 종로구 교남동 47-2 힙신빌딩 209호
　　전화 : 739-0222·3　팩스 : 739-0224
　　등록번호 : 제300-1994-183호(1994.11.9)
　　ISBN 978-89-7940-725-9

신서원은 부모의 서가에서 자녀의 책꽂이로
'대물림'할 수 있기를 바라며 책을 만들고 있습니다.
잘못된 책은 연락주세요.

목차

91 반룡령에서 오문화를 불태우다 ▪ 5

92 양전과 나타가 매산칠괴를 잡아들이다 ▪ 29

93 금타가 지략으로 유혼관을 취하다 ▪ 57

94 노한 강문환이 은파패를 참하다 ▪ 83

95 자아가 천자의 10대 죄악을 폭로하다 ▪ 109

96 자아가 첩지를 내려 달기를 사로잡다 ▪ 129

97 적성루에서 천자가 분신자살하다 ▪ 151

98 주무왕이 녹대에서 재물을 나눠주다 ▪ 177

99 자아가 귀국하여 봉신하다 ▪ 209

100 무왕이 열국의 제후를 봉하다 ▪ 239

등장인물 소개 ▪ 257

蟠龍嶺燒塢文化

반룡령에서 오문화를 불태우다

 자아가 대 위에서 작전을 지휘하니 사방에서 풍운이 일어나고 검은 안개가 가득 찼다. 위에는 하늘의 그물이 있고 아래는 땅의 그물이 있었으며 천지가 어지럽게 서주진영을 덮었다.

 천둥 번개가 엇갈리며 전광이 번쩍이고 불빛이 작열했다. 차가운 기운 또한 가득 차니 뇌성은 끊이질 않고 함성이 크게 진동했다. 각 진영 안에서 북과 쇠뿔각이 일제히 울리니 하늘이 무너지고 땅이 내려앉는 것 같았다.

 이때 고각과 고명이 서주진영의 틈으로 들어가 병졸

들을 죽이려고 나아가는데, 문득 북소리가 크게 울리고 삼군이 함성을 질렀다. 또한 포성이 울리면서 동쪽에서는 이정, 서쪽에서는 양임, 남쪽에서는 나타, 북쪽에서는 뇌진자, 왼쪽에서는 양전, 오른쪽에서는 위호가 일제히 달려나와 고명 무리를 포위했다.

자아는 대 위에서 도술을 부리고, 대 아래의 네 문도는 모두 복숭아나무 말뚝을 들고 포진했다. 위에 있는 하늘 그물과 아래 있는 땅 그물이 서로 교합되어 있었다. 자아가 타신편으로 후려치자 고명과 고각은 어찌 이 곤경을 벗어날 수 있으랴. 그들은 골이 빠개져 마침내 골수가 터져나오는 신세가 되었다.

한편 원홍은 상호·오룡과 함께 후면에서 군대를 죄어오며 서주진영으로 달려들어 왔는데 나타 등이 맞서 대접전을 벌였다. 이때는 한밤중이어서 양군의 혼전은 극에 달했다. 위호는 항마저를 들고 오룡을 쳤으나, 오룡은 금세 파란빛으로 변해 도망가 버렸다. 나타도 구룡신화조로 상호에게 씌웠으나, 상호는 한 줄기 파란 기운으로 변하여 사라졌다.

그런데 그 중에서도 원홍은 흰 원숭이가 득도하여 된 자로 변화에 능했고 머리 위에서 원신元神을 출현시키기도 했다. 양임이 오화선으로 원홍을 날려버리려 했는데 갑자기 원홍의 정수리에서 흰빛이 솟구치면서 원신이 나와 곤봉을 가지고 오히려 양임을 후려쳤다.

이때는 이미 양임은 피하기에 너무 늦어 원홍에게 정수리의 급소를 맞았으니, 가련하도다! 천운관에서 서주로 귀의하여 이제 겨우 맹진에 이르렀는데, 봉작을 받기도 전에 죽은 것이었다. 후인들이 이를 탄식한 시를 지었다.

성탕을 떠나 자양동紫陽洞으로 돌아온 뒤로,
천운관穿雲關 아래에서 온황진瘟瘟陣을 격파했네.
맹진에서 온몸을 다해 싸우다 먼저 죽게 되었으니,
모두 다 남가일몽南柯一夢이라네.

양임이 원홍에게 죽임을 당하고 양군이 혼전하면서 날이 새기에 이르렀다. 이에 자아는 징을 울려 군대를 수습했다. 자아는 군막에 올라 군장들을 찬찬히 살펴보다가 양임이 싸우다 죽었음을 알고 탄식해 마지않았다.

"이제 겨우 뜻을 펼칠 만하니 아까운 장수를 또 한 사람 잃었구나!"

자아가 차마 소리 내어 울지 못했다. 양전이 군막에 올라 아뢰었다.

"오늘밤의 대전투에서 비록 고명과 고각을 베어버렸

으나 반대로 양임 장군을 잃었습니다. 저희들이 보아하니 원홍의 무리는 모두 요괴가 변하여 된 것들로 당장 해치울 수는 없겠습니다. 대군이 이곳을 가로막고 있으니 언제 결말이 나겠습니까? 제자가 지금 종남산으로 가서 조요감照妖鑑을 빌려와 그들의 원래 모습을 비추게 된다면 이 요괴들을 잡을 수 있을 겁니다. 그러지 않으면 언제 끝날지 기약이 없겠습니다."

자아가 허락했다. 양전이 서주진영을 떠나 토둔법을 써서 순식간에 종남산으로 갔다. 잠시 뒤 옥주동에 이르러 문 앞에서 운중자를 뵙고자 했다. 조금 있다가 금하동자가 나오니 양전이 앞으로 나아가 머리를 조아리며 말했다.

"사형, 번거롭겠지만 양전이 사백님을 뵙고자 한다고 전해 주시오."

이에 금하동자는 급히 동부 안으로 들어가 운중자에게 말했다.

"밖에 양전이 와서 뵙고자 합니다."

운중자는 명했다.

"데리고 들어오라."

금하동자가 밖으로 나가 양전에게 전했다.

"사부께서 만나고자 하십니다."

양전은 운중자를 보자 예를 행하고 나서 청원했다.

"제자가 지금 여기에 온 것은 사부님의 조요감을 구하여 사용코자 함입니다. 지금 병사들이 맹진에 이르렀는데 몇몇 요마가 서주군을 방해하여 전진할 수가 없습니다. 여러 번 대전을 치렀지만 도술로도 다루기가 어렵습니다. 이 까닭에 자아 원수의 명을 받들어 사백께 아뢰어 구하는 것입니다."

"그들은 바로 매산의 칠괴인데, 조요감을 쓰면 능히 잡아들일 수 있을 것이다."

운중자가 보감寶鑑을 양전에게 주었다. 양전이 종남산을 떠나 다시 토둔법으로 서주진영으로 돌아와 갖추어 말했다.

"저들은 매산칠괴인데 내일이 되면 제자가 그들을 사로잡을 수 있을 것입니다."

자아가 비로소 마음을 놓았.

한편 원홍은 진영에서 상호·오룡 등 여러 장수와 함께 제후들을 물리칠 계획을 의논하고 있었다.

은파패가 말했다.

"내일 원수께서 적을 크게 무찔러 위엄을 세움으로써 천하의 제후들에게 우리의 실력을 보여주지 못한다면 싸움을 잘 풀어나갈 수 없을 것입니다. 또한 그들과 시간을 끌다보면 장수들도 지치고 병사들도 피로해져서 혹 변란이라도 있을까 두려우니 사태를 짐작하십시오."

원홍이 그의 말을 따랐다.

다음날 군마를 정돈하고 포성을 진동시키면서 군진 앞에 이르렀다. 자아 역시 여러 장수와 제후들을 데리고 출영했다. 양쪽으로 열을 이루어 대치하고 있었는데 원홍의 말이 앞으로 나왔다.

자아가 원홍에게 말했다.

"그대는 천명이 이미 주나라로 돌아간 것을 알지 못하고 어찌 대왕의 군대를 방해하며 백성을 도탄에 빠뜨리는가! 속히 항복하면 봉후의 지위를 잃지는 않겠지만, 만약 지금 무엇이 급한지를 알지 못한다면 후회막심하게 될 것이다."

원홍은 크게 웃으며 말했다.

"반계에서 낚시질이나 하던 늙은이가 도대체 무슨 능력이 있다고 감히 그런 말을 하느냐?"

이에 고개를 돌려 상호에게 명했다.

"당장 강상을 잡아오너라."

상호는 창을 들고 말을 달려 곧바로 자아를 잡으려 했다. 자아의 곁에 있던 양전이 재빠르게 칼을 휘두르며 말을 달려나갔다. 15합쯤 맞부딪쳐 싸우다가 상호가 말 머리를 돌려 달아났다.

양전이 뒤를 쫓으며 조요감을 꺼내 비추니 상호는 원래의 커다란 백사白蛇로 보였다. 양전은 이미 이 괴물이 어떤 모습에서 변신한 것인지 알게 되었다. 상호가 갑자기 원래 모습을 드러냈는데, 한바탕 괴이한 바람이 휘돌며 흙과 먼지가 날리고 구름이 가득하며 냉기가 삼엄한 가운데 커다란 뱀이 출현하는 것이었다.

양전은 이를 보고 즉시 몸을 흔들어 지네로 변신했다. 지네의 몸에서 양 날개가 솟아나왔고 집게발은 날카로운 칼과 같았다. 이렇게 지네로 변한 양전은 백사의 머리 위로 날아가 단번에 두 동강으로 토막쳤다. 그러자 뱀은 땅으로 떨어지며 몸을 비틀었다.

양전은 다시 본래의 모습으로 돌아와 뱀을 여러 조각으로 자르고 오뢰五雷의 주문을 외우니 뇌성이 울리면서 이 괴이한 진동이 뱀 토막들을 한꺼번에 재로 만들어버렸다. 원홍은 백사가 죽어버렸음을 알고 크게 노했다.

그는 곤봉을 들고 말을 달려나와 크게 외쳤다.

"그래 좋다, 양전! 네가 감히 우리 장수를 해치다니!"

곁에 있던 나타가 풍화륜에 올라 머리 셋에 팔 여덟의 모습을 드러내고서 화첨창으로 원홍을 막아섰다. 몇 번 접전하지 않았을 때 나타는 구룡신화조를 써서 원홍을 말과 함께 잡으려 했다. 나타가 손바닥을 한번 치자 아홉 마리의 화룡이 나타나 원홍을 빙 둘러싸고 타올랐다.

그러나 원홍에게 72가지로 변신할 수 있는 도술이 있는지를 알지 못했으니, 불꽃이 그에게 다가오자 원홍은 재빠르게 화광火光이 되어 사라졌다.

오룡은 나타가 용맹을 떨치는 것을 보고 쌍칼을 휘두르며 달려와 싸웠다. 나타도 몸을 날려 오룡과 맞붙었다. 양전이 곁에 있다가 황급히 조요감에 비춰보니 오룡의 본모습은 지네였다. 양전도 칼을 휘두르며 말을 달려 오룡과 싸웠다.

오룡은 전세가 불리하자 말머리를 돌려 도망쳤다. 이를 본 나타가 풍화륜에 올라 뒤를 쫓으려 하니 양전이 나타를 가로막으며 말했다.

"도형께선 따라가지 마시오. 내가 가겠소."

나타가 듣고서 풍화륜을 멈추고 양전이 말을 몰아 쫓아갈 수 있게 했다. 오룡은 양전이 쫓아오는 것을 보고 본모습으로 변신하여 곧 말발굽 아래에서 검은 안개를 일으켜 자신의 모습을 숨겼다.

오룡은 그 안개 속에 숨어 양전을 해치려 했다. 양전은 이 괴물이 날아오는 것을 보고 몸을 흔들어 오색 수

닭으로 변신했다. 녹색 귀에 금색 눈과 오색 털, 게다가 날개는 강철 검 같고 주둥이는 칼과 같았다.

이처럼 황금 닭으로 변신한 양전이 검은 안개 가운데로 날아올라 지네를 쪼니 금방 여러 조각이 나버렸다. 또 하나의 괴물이 제거된 것이다. 이에 자아는 여러 장수들과 함께 북을 울리며 진영으로 돌아왔다.

한편 은파패와 뇌개는 여러 장군들과 함께 오늘의 광경을 목격하고 어이없어 하며 말했다.

"국가가 상서롭지 못하면 바야흐로 요괴가 흥성하는 것인데, 오늘까지 우리 두 사람은 백사와 지네의 요괴가 사람을 미혹했다는 것을 어찌 알았겠소? 그러니 이것이 무슨 좋은 소식이겠소? 진영으로 돌아가 주장과 상의해 보는 것이 좋겠소."

진영으로 돌아오니 원홍이 중군에서 근심스럽게 앉아 있었다. 모두 군막 앞에 이르니 원홍은 여러 장수들이 온 것을 보고 그들에게 말했다.

"나는 상호와 오룡이 요괴인 줄 몰랐으니 그들 때문에 대사를 그르치게 되었구려."

이에 여러 장수들이 말했다.

"자아는 곤륜산의 도덕지사이며 휘하에는 또 삼산오악의 문도들이 늘어서 있습니다. 생각건대 우리 군사는 이곳을 지키지 못할 것 같으니 원수께서는 대책을 세워 주십시오. 전투를 하든지 수비를 하든지 미리 계획해야 하니, 그렇지 않고 그때 가서 우물을 파려 한다면 어느 사이에 팔 수 있겠습니까? 저희들이 보기에 우리 병사들은 미약하고 장수도 적으니 힘으로 대항할 수 없을 듯합니다. 부족한 저희들의 소견으로는 퇴각하여 성도城都를 굳건히 지키고 방어책을 사용하여 적을 지치게 만드는 것이 좋을 것 같습니다. 이는 곧 '싸우지 않고도 적군을 굴복시킨다'는 것이니 원수의 높으신 뜻은 어떠한지요?"

그러자 원홍이 말했다.

"그대들의 말은 잘못된 것이오. 어명을 받들고 이곳을 지키는 것은 이곳이 중요하기 때문이오. 지금 이곳을 버려두고 방어하지 않고서 도리어 도성으로 퇴각하고자 한다면, 이것은 '문전에서 적을 막는 것'으로 반드시 패하게 되어 있소. 지금 강상에게 비록 보좌하는 문도들이 있다고 해도 어려운 지경에 이르면 힘을 발휘하지 못할 것이오. 이곳에서 적을 물리칠 묘책이 나에게 있으니 여러 장수들은 더 이상 다른 말은 하지 마시오."

이에 하는 수 없이 모두 군막을 내려왔다. 노인걸과 은성수가 말했다.

"이제 형세가 모두 드러났으니 성탕의 사직이 끝내 서

기에게로 돌아가겠구려. 더욱이 지금 조정도 혼미하여 망령되게도 요괴를 장군으로 삼았으니 어찌 성공할 리가 있겠소? 그러나 나와 현제는 여러 대에 걸쳐 국은을 받았으니 어찌 나라에 충성을 다하지 않을 수 있겠소? 차라리 죽게 된다면 조가에서 죽어 우리의 충의를 보여야지 이곳에서 죽어 요괴들과 함께 썩어버릴 수는 없소. 기회를 봐서 조가에 가게 된다면 돌아오지 맙시다."

이렇게 두 장군은 뜻을 정했다. 그런데 갑자기 식량을 총감독하는 관리가 원홍에게 와서 보고했다.

"군중엔 지금 닷새치의 식량밖에 없어 계속 쓰기에 부족하니 원수께서 결정해 주시기 바랍니다."

원홍은 군정사에 명하여 조가로 가서 식량을 운송해 오도록 했다. 곁에 있던 노인걸이 앞으로 나와 말했다.

"소장이 다녀오겠습니다."

원홍이 그것을 허락하니 노인걸은 기쁘게 명을 받들고 조가로 갔다.

한편 이 무렵 조가성에 한 사내가 왔는데, 키는 몇 척이나 되며 힘은 육지에서도 배를 끌 정도였고 한 끼에 소 두 마리를 먹어치웠다. 배팔목排扒木을 무기로 사용하니 그는 오문화鄔文化라는 사람이었다. 그는 현자를 초빙한다는 조정의 방문을 보고 군대에 투신한 것이었다. 그리하여 조정의 사신이 맹진의 진영으로 오문화를 보내 활약하게 했다.

맹진의 대군영 밖에 이르자 좌우 신하가 원홍에게 보고했다. 오문화는 사신과 함께 중군에 이르러 예를 마치고서 이름을 밝히고 섰다. 원홍이 오문화의 비범함을 보니 금강석같이 공중에 버티고 서 있는 것이 과연 놀라운 영웅이었다.

원홍이 말했다.

"장수께서 이렇게 오셨으니 반드시 무슨 묘책이 있겠지요? 그래 무슨 계략으로 서주군을 물리치겠소?"

"저는 미천하며 단지 용기만 있는 사람일 뿐입니다. 성스러운 어지를 받들어 원수의 휘하로 보내져 쓰임을 받고자 하니 부디 지휘하여 주십시오."

원홍이 크게 기뻐하며 말했다.

"장군께서 이렇게 오셨으니 반드시 첫째가는 큰 공을 세울 터인데, 어찌 강상이 항복하지 않고 버티고 있는 것을 근심하겠소!"

다음날 이른 아침 오문화는 명을 받고 출영하여 싸움을 걸었다. 그는 배팔목을 들고 서주진영에 이르러 큰 소리로 외쳤다.

"역적 강상에게 이르노니 어서 대군영 밖으로 나와 목을 씻고 죽음을 받아라!"

이때 자아는 중군의 군막에 있다가 맹렬하게 진동하는 전장의 북소리를 듣고 고개를 들어보니, 한 거대한 사내가 중천쯤에 버티고 서 있는 것이었다.

그는 놀라서 여러 장수들에게 물었다.

"저기에 있는 저 산처럼 거대한 사나이는 어디서 온 자인가?"

여러 사람이 일제히 바라보니 과연 수미산을 하나 세워놓은 듯이 거대하여 모두들 기겁했다. 자세히 알아보려고 하는데 군정관이 군중으로 들어와 보고했다.

"한 사내가 와서 큰소리를 땅땅 치고 있으니 분부를 내리소서."

이에 용수호가 나와 말했다.

"제자가 가고 싶습니다."

"반드시 조심해야 하느니라."

용수호가 명을 받고 출진하니, 오문화가 고개를 숙여 한번 보고는 크게 웃었다.

"어디서 새우귀신이 왔나보군? 뒷발질에 행여 허리를 꺾일까 두려우니 어서 돌아가시게."

용수호가 화를 내며 고개를 들어 오문화를 보니 과연

생김새가 흉측하기 짝이 없었다. 몇 척이나 되는 키에 몸은 망치와 같고 입은 아궁이 같은데 양쪽 눈은 우물처럼 움푹 파여 있었다. 한 길이나 되는 희끗한 수염은 엉킨 실타래와 같고, 한 척쯤 되는 짚신을 신었는데 마치 배가 지나가는 것처럼 걸어 다녔다.

오문화가 다시 크게 소리쳤다.

"서주진영에서 온 놈은 어떤 물건이냐?"

용수호가 크게 노하여 꾸짖으며 말했다.

"좋다. 이 조무래기야, 날더러 어떤 물건이라니! 나는 바로 강 원수의 제2문하 용수호다."

오문화는 다시 웃으며 말했다.

"이 축생아! 사람의 모습이라고는 하나도 없는데 네가 무슨 강상의 문하이겠느냐?"

"이 촌놈아, 네놈도 이름을 말해 줘야 너를 죽이면 공적부에 올릴 거 아니냐?"

용수호가 말하자 오문화가 욕을 하며 말했다.

"이 철부지 고약한 짐승 같으니라고! 나는 천자어전의 원홍 원수휘하에 있는 위무대장군 오문화다. 너는 빨리 돌아가 강상을 불러 죽음을 받으라고 해라. 네 한 목숨은 살려주겠다."

용수호가 대노하여 외쳤다.

"지금 명을 받들고 너를 잡으러 왔는데 감히 함부로 말을 하다니!"

하면서 돌을 들어 던졌다. 오문화가 배팔목으로 내려쳤는데 용수호가 살짝 피하자, 그 배팔목이 땅에 서너 척 깊이로 곤두박혔다. 급히 다시 빼내려 할 때, 용수호가 예닐곱 개의 돌로 오문화의 양쪽 넓적다리와 허리를 맞혔다. 다시 몸을 돌리자 대여섯 개의 돌을 던졌다.

오문화는 몸이 커서 몸을 재빠르게 돌리지 못했으니, 한 시간도 안되어 용수호에게 넓적다리와 허리를 칠팔십여 차례나 얻어맞았다. 그는 맞은 곳의 통증을 견디기 어려워 배팔목을 질질 끌고 동쪽을 향하여 도망쳤다. 그 달아나는 모습이 마치 산이 움직이는 것 같았다.

용수호는 승리를 얻고 진영으로 돌아와서 싸웠던 일을 갖추어 말했다. 여러 장수들은 모두 오문화가 키만 컸지 쓸모가 없다고 여겼으며, 자아 역시 오문화에 대해 깊이 우려하지 않게 되었다.

한편 오문화는 20여 리를 패주하여 가다가 어떤 산 절벽 위에 앉았다. 넓적다리를 문지르고 허리를 주무르면서 한 시간쯤 있다가 천천히 걸어와 진영에 이르렀다. 오문화가 원홍을 알현했다.

원홍은 그를 추궁하여 말했다.

"그대는 오늘 처음 싸우면서 스스로 이로움을 놓쳐 예봉을 꺾였으니 어찌 조심하지 않았는가?"

"원수는 마음을 놓으십시오. 제가 오늘밤 적진을 침탈하여 한 놈도 남김없이 모조리 해치울 것이니, 위로는 조정에 보답하고 아래로는 저의 한을 씻겠습니다."

오문화가 이렇게 말하자 원홍이 말했다.

"그대가 오늘밤 적진을 쳐부수겠다면 내 마땅히 그대를 돕겠네."

오문화는 맞았던 상처를 치료한 다음 그날 밤 서주진영으로 쳐들어갔다.

한편 자아는 그날 낮 용수호가 오문화를 쉽게 물리친 것을 보고 다잡았던 마음의 고삐를 풀었다. 여러 장수들도 자만에 빠져 힘써 방비하지 않았으니, 실로 서주진영에서는 아무도 오문화가 그날 밤 쳐들어오리라고는 전혀 생각하지 않았던 것이다.

그런데 한밤중에 천자진영에서 포성이 한 번 울리자 일제히 함성이 일어났고 오문화는 곧 대군영 밖에 도달했다. 그렇게 캄캄한 밤중에 누구인들 적에게 대항하겠는가! 일곱 겹의 방어책을 헤쳐 열고 사방의 목책과 정돈되어 있는 패牌를 짓밟아버렸다. 오문화가 배팔목을 가지고 여기저기를 횡행하며 쓸어버린 것이었다.

오문화는 닥치는 대로 서주진영을 헤집고 다녔다. 이리하여 가련하게도 적에게 맞아 죽은 시체가 들녘에 가득 나뒹굴고 피는 흘러 강물을 이루었다. 60만 인마가 진영 중에서 서로 형제를 부르고 부모 자식을 찾느라 부르짖었다.

또한 원홍은 힘을 모아 캄캄한 밤중에 요사스런 기운을 내뿜어 자아진영을 덮으니 많은 대소장수들이 깜짝 놀랐다.

자아는 엄청나게 큰 사내가 진영을 뒤흔들고 있다는 보고를 듣고 황급히 일어났다. 곧 사불상에 올라타고 손에 행황기를 들고서 몸을 보호하고 나니, 온통 죽음의 소리만 들려와 마음이 착잡하기 이를 데 없었다. 바라보니, 그 거대한 사내의 두 눈은 타오르는 붉은 등 같았고, 여러 문도들은 서로 돌볼 겨를도 없었다. 맹진의 핏물은 도랑을 이루었다.

서주장수들은 깊이 잠들었다가 오문화가 휘두른 배팔목에 난타당하여 가을바람에 떨어지는 나뭇잎사귀처럼 힘없이 죽임을 당했다. 원홍은 말을 타고 요술을 부리며 진영에서 마구 사람을 죽였으니, 모두 팔이나 다리가 베어지고 복창이 터지고 머리없는 혼백이 되었다.

대왕은 4현四賢이 수레를 호위하여 도망쳤고, 자아도 황망히 병사들을 버리고 도망쳤으며, 대여섯 명의 문도는 오둔법五遁法을 빌어 도주했다. 그러니 견고하고 날카로운 무기를 가지고 있던 병사들인들 어찌 이 큰 재앙을 면했겠는가!

한편 오문화는 곧장 진영의 뒤쪽에 이르러 군량과 마초를 쌓아놓은 곳까지 당도했다. 이곳은 양전이 지키는 곳이었는데, 갑자기 거대한 사내가 진영을 부수고 강 원수가 밀리고 있다는 소식이 들려왔다. 양전이 급히 말에 올라 보니, 과연 오문화가 득의양양하게 흉측한 얼굴을 하고서 오는 것이 보였다.

양전은 오문화와 대적하려다가 군량과 마초를 돌아보고서 마음속에 계략이 떠올랐다. 당장의 재앙을 구하고자 그는 급히 말에서 내려 주문을 외우기 시작했다. 마초 한 포기를 손바닥에 세우고 입김을 불면서 "변하라!" 하고 외쳤다.

그것은 곧 거대한 사내로 변하여 머리로 하늘을 받치고 발로 땅을 밟고 섰다. 머리는 성문처럼 크고 두 눈은 깨진 항아리 같았다. 콧구멍은 물통 같고 문짝만한 이빨은 납작하고도 길었다. 구레나룻 수염은 죽순 같았으며 입속에서 금빛 광채를 마구 토해냈다.

오문화가 힘을 다해 처부수고 있을 때 등불 아래로 한 거한이 나타났는데 자기보다 훨씬 장대했다.

"이놈, 천천히 와라! 내가 왔다."

거한이 큰소리로 외치자 오문화는 머리를 들어 보고서 혼비백산했다.

"우리 나으리께서 오셨구나!"

오문화는 배팔목을 끌고 돌아서서 달음질처 날듯이 달아났다. 양전의 화신이 그 뒤를 쫓아가다가 바로 원홍을 만났다. 양전이 크게 소리 질렀다.

"좋다. 이 요괴야! 무엄하기 짝이 없구나!"

삼첨도를 꺼내 날듯이 달려들었다. 원홍은 곤봉으로 버텼다. 대접전을 벌이다 양전이 효천견을 풀어놓자 원홍은 이를 보고 흰빛으로 변하여 몸을 빼내 진영으로 돌아갔다.

한편 맹진의 여러 제후들은 원홍이 강 원수의 대본영을 도륙했음을 듣고서 남북 두 진영의 제후들이 일제히 구원하려고 왔다.

혼전은 날이 밝을 때까지 이어졌다.

자아는 사람들을 모아 대왕을 찾는 한편 패잔한 인마를 불러모아 손실된 군병을 헤아렸더니 거의 20만 정도였다. 휘하의 장군도 34명이나 잃었고 용수호는 오문화의 배팔목에 맞아 절명했다.

자아는 용수호가 난타당하여 죽었음을 듣고 상심해 마지않았다. 여러 제후들이 군막에 올라 대왕에게 문안하니, 대왕이 오히려 강상을 비롯한 여러 장수들을 위무하며 말했다.

"잠깐 점검을 게을리하여 이런 재앙을 만나게 된 것이니 천명이오. 그렇더라도 죄없이 죽임을 당한 백성들의 원혼을 어찌 위로할 수 있으리오?"

강상은 고개를 숙인 채 아무 말도 하지 못했다.

한편 원홍은 승리를 얻고 진영으로 돌아와 조가로 승전보를 올렸다.

"오문화가 서주군에게서 대승을 거두어 그들의 시체가 맹진에 가득 쌓여 물도 흐르지 못합니다."

여러 신하들이 축하했다.

"서기를 정벌한 이래로 이러한 대승은 없었습니다."

천자는 크게 기뻐하며 날마다 잔치를 벌이고 흥청거렸으니 이제 서주군쯤은 안중에도 없었다.

한편 서주진영에서는 양전이 자아를 뵙고 말했다.

"지금 같은 상황이라면 먼저 오문화를 처치하고 그 후에 원홍을 물리쳐야 할 것입니다."

자아가 허락하자, 양전은 맹진으로 가서 길을 경계하며 오문화를 찾았다. 60리쯤 가다가 한 곳에 이르렀는데 반룡령이라는 곳이었다. 이 산의 계곡 둘레는 용이 도사린 형세를 이루고 있었는데, 가운데 빈터에 길이 하나 있고 두 개의 입구가 있었다. 그곳을 보자 양전은 크게 기뻐하며 말했다.

"이곳이야말로 계획을 이루기에 딱 좋겠다!"

이에 급히 돌아와 자아에게 말했다.

"반룡령이라는 곳이 계획을 행하기에 좋겠습니다."

그러자 자아는 양전의 귓가에 대고 하나의 계책을 일러주었다. 양견은 마침내 명을 받들고 떠나갔다. 자아는 또한 무길과 남궁괄에게 명했다.

"2천의 인마를 이끌고 반룡령으로 가서 불질할 것들을 묻어라. 가운데는 대나무 통에 선을 이어 안 보이도록 화포와 불화살 등을 묻어두고, 반룡령 상하에 모두 불이 잘 붙는 땔나무들을 준비해 놓아라. 준비를 갖추고 기다렸다가 오문화가 오면 곧장 행하도록 하라."

두 장수는 명을 받고 물러가 준비를 갖추었다.

한편 오문화가 큰 공을 세우자 천자는 관리를 보내 도포와 허리띠·예물 등을 하사하여 포상했다. 원홍과 오문화는 성은에 감사했고 천자의 사자는 다시 조가로 돌아갔다.

원홍이 오문화에게 말했다.

"천자의 은총과 표창을 입었으니, 오 장군! 우리는 마땅히 충성으로써 국은에 보답하여 우리의 이름이 천하에 날리도록 해야 할 것이네."

"소장은 내일 강상이 미처 대비하지 못한 틈을 타 한 놈도 남기지 않고 해치워 승전가를 울리게 하겠습니다."

오문화가 말하자 원홍은 기뻐하며 잔치를 벌여 축하했다. 이들이 막 웃으며 이야기하고 있는데 정탐병이 와서 보고했다.

"원수께 아룁니다. 지금 자아와 주무왕이 대군영 밖에서 한가로이 우리 쪽을 보고 있는데 무슨 까닭인지 모르겠습니다. 하명을 청합니다."

원홍은 보고를 듣고 곧 오문화에게 명했다.

"몰래 진영을 나가 뒤쪽에서 덮쳐 자아를 사로잡는다면 주머니를 뒤져 물건을 찾는 것 같이 공을 이루리라."

오문화가 명을 받고 급히 우군영 영문으로 나갔다. 배 팔목을 들고 성큼성큼 나는 구름처럼 다가가 큰소리로 말했다.

"자아는 도망가지 말라! 이번에는 너를 사로잡아 공을 세우겠다. 속히 말에서 내려 죽음을 받아라. 괜히 내가 힘을 낭비해서야 쓰겠느냐?"

자아와 대왕은 오문화가 쫓아오는 것을 보고 말에 올라 무작정 도망치기 시작했다. 오문화는 자아와 대왕이 도망하는 것을 보고 힘껏 쫓았.

자아가 뒤를 돌아보며 오문화를 유인하여 말했다.

"오 장군, 당신이 우리 군신을 진영으로 돌아가도록 하여 고국으로 돌아가게 해준다면, 다시는 변경을 침범하지 않을 것이오. 장군의 넓은 은혜에 감사하리다."

"고약한 소릴랑 집어치워라! 내 목적은 오로지 네놈들의 멱을 따는 것이다. 만약 실수한다면 천 년의 한이 되리라!"

오문화는 목숨을 걸고 쫓았다. 앞을 향해 추격해 간 지 한 시간쯤이 되었다. 자아와 대왕에게는 아직 힘이 남아 있으나 오문화는 그렇지 못했다. 걸어온데다가 또 급히 추격을 하여 오륙십 리를 쫓아왔으니 기력이 말이 아니었다. 오문화는 더 이상 쫓아가지 못하고 멈춰서게 되었다.

자아가 말고삐를 돌려 그를 보고 외쳤다.

"오문화, 네가 감히 우리와 세 번 싸우겠다고?"

"어찌 못할쏘냐?"

오문화는 대노하여 몸을 다시 일으켜 쫓아갔다. 자아는 사불상을 돌려 다시 도망쳤다. 이윽고 반룡령이 보이자 대왕과 함께 산 어귀로 들어섰다.

"강상이 산으로 들어갔으니 물고기가 솥에서 노는 것과 같고 도마에 오른 고기와 같은 꼴이 되었다."

오문화는 크게 기뻐하며 산속으로 쫓아 들어갔다.

楊戩哪吒收七怪

양전과 나타가
매산칠괴를 잡아들이다

무길과 남궁괄은 자아가 오문화를 유인하여 산으로 들어오는 것을 보고 먼저 자아와 대왕을 지나가게 했다. 그런 다음 나무와 돌을 이용해서 여러 겹으로 앞산을 막았다.

오문화가 입구에 들어섰는데 자아와 주무왕이 보이지 않았다. 걸음을 멈추고 사방을 찬찬히 바라보았으나 아무 흔적도 없었다. 그가 막 몸을 돌려 산을 나가려 할 때 양쪽에서 포성이 울리며 함성이 땅을 진동했다. 산 위에서 큰 나무와 돌이 굴러 떨어져 입구를 막아버리고,

병사들이 불화살과 화포와 마른 장작 등에 불을 붙여 산 아래로 던졌다. 사방에서 불이 일어나며 계곡마다 연기가 자욱했다.

잠깐 사이에 푸른 나무가 붉게 물드니 청산은 금방 붉은색을 띠었다. 바람을 타고 불기운이 더욱 맹위를 떨치니 날짐승과 길짐승도 미처 피하지 못했다.

오문화는 뒤쪽에서 불이 일어나는 것을 보았으나 퇴로는 첩첩이 막혀 있어 몸을 돌려 산속으로 달아나고자 했다. 그러나 막 몸을 빼는 순간, 산 밑에 있던 지포(地砲)와 지뢰가 위로 폭발했다.

이리하여 가련하게도 키가 하늘까지 닿고 육지에서 배를 끄는 거한의 영웅은 잠깐 사이에 시커먼 숯이 되어 버리고 말았다.

양전·무길·남궁괄은 오문화가 불에 타 죽는 것을 지켜보다가 함께 자아에게로 돌아와 앞의 일을 다 이야기했다. 자아는 크게 기뻐하며 양전에게 말했다.

"요괴 원흉이 아직 남아 있으니 어찌했으면 좋겠느냐?"

"그 요괴는 매산에서 득도한 흰 원숭이로 가장 막강한 요굅니다. 기다렸다가 천천히 제거해야 할 것입니다."

"그럼 동백후가 오기를 기다렸다가 군대를 전진시켜야겠다."

한편 원홍은 보고를 듣고 오문화가 불에 타 죽은 것을 알게 되었다. 그는 짐짓 불쾌하여 혼자 앉아 생각에 잠겨 있는데 갑자기 보고가 들어왔다.

"대군영 밖에서 한 두타승이 뵙기를 청합니다."

원홍이 모시도록 명하자, 잠시 뒤 두타승이 중군에 이르러 머리를 조아리며 말했다.

"원수님, 빈도 고개 숙여 인사드립니다."

"도인께선 어디서 오셨습니까? 무엇을 말씀하려 하는지요?"

원홍이 묻자 두타승이 말했다.

"저 또한 매산에서 원수님과 별로 떨어지지 않은 곳에 살고 있는 주자진朱子眞이라 합니다. 원수께서 천자를 위해 힘쓰고 계시다는 것을 알고 작은 힘이나마 돕고자 온 것입니다. 원수께서 받아주실는지 모르겠습니다."

원홍은 듣고 나서 기뻐하며 자리에 올라앉도록 청했다. 주자진은 두세 번 사양하다가 자리에 앉았다. 곁에 있던 참군 은파패와 뇌개 두 장군은 또 매산사람이라는 말을 듣고 서로 한숨을 쉬며 말했다.

"이 자도 상호·오룡과 일당이구려."

원홍은 주자진에게 술자리를 차려주며 환대했다. 다음날 주자진은 보검을 들고 병사를 거느리고서 서주진영에 이르러 강 원수에게 나오라고 소리쳤다.

자아는 어떤 도인이 싸움을 청한다는 보고를 듣고 급히 남북 두 곳의 제후에게 명을 내려 대군영 밖을 나가 대오를 정돈하게 한 뒤, 자신이 친히 여러 제자를 이끌고 나가 대결태세를 갖추었다.

바라보니 천자의 깃발 아래 두타승이 한 명 있었다. 얼굴은 흑칠한 듯 정말 괴상하고 콧수염과 구레나룻은 칼로 자른 듯 나란한데, 혀는 길고 귀는 또한 흉측할 정도로 컸다. 다만 눈빛의 광채는 눈썹까지 쏠려 올라갔으며 매우 형형했다.

"도인은 누구신가?"

자아가 묻자 주자진이 말했다.

"나는 매산의 연기도사煉氣道士 주자진이다."

"너는 분수를 지키며 잠자코 있지 못하고 여기에 무엇을 하러 왔느냐? 이는 스스로 죽음을 찾아온 것이다."

자아가 말하자 주자진이 크게 웃었다.

"성탕의 국운이 이어져 온 지 수십 세이고 너희들도 몇 대에 걸쳐 국은을 입었는데, 이유없이 반란을 일으켜 관을 침탈하고서도 도리어 천명과 인심이라고 말하는구나. 너희는 진실로 요상한 말로 백성을 미혹하는 불충불효한 자들임을 모르느냐? 오늘 내가 이곳에 이르렀으니 속히 말에서 내려 항복하고 각기 옛 땅으로 돌아간다면 죽이지는 않겠다. 만약 내 말대로 하지 않으면 곧 너희를 붙잡아 시체를 만 조각으로 가를 터이니 후회해도 소용없을 것이다."

자아가 크게 노하여 꾸짖어 말했다.

"이 무지한 놈, 네놈은 목전에서 죽으리라는 것도 알지 못하고 혀를 함부로 놀리느냐!"

주자진이 검을 들고 자아에게 달려들었다. 자아의 곁에 있던 남백후 휘하의 부장 여충余忠이 나섰다. 그는 얼굴이 붉은 대추 같고 긴 수염을 세 갈래로 따고 낭아봉狼牙棒 즉 승냥이 이빨로 만든 몽둥이를 사용했다.

여충이 말에 올라 큰소리로 외쳤다.

"오늘 이 공적은 내가 취하겠다!"

자아가 왼편을 보니 여충이 말을 타고 앞으로 나아가며 말없이 낭아봉을 들어 치고 있었다. 주자진도 칼을 들고 얼굴을 치려 했다. 20여 합을 맞붙다가 주자진이 먼저 몸을 돌려 달아났다. 여충이 그 뒤를 쫓아 따라가자 자아가 명했다.

"북을 울리고 함성을 질러 위세를 돕도록 하라."

여충이 추격하여 1리도 채 못 미쳤는데, 주자진이 갑자기 멈춰 서서 여충이 다가오는 것을 바라보았다. 주자진이 고개를 돌려 입에서 기운을 내뿜자 검은 연기가 나와 그의 몸을 감쌌다.

본모습을 드러내더니 한 입에 여충의 몸 절반을 우걱우걱 씹어먹었다. 그렇게 먹히다 남은 여충의 시체가 말 아래로 굴러 떨어졌다.

주자진이 다시 재빠르게 사람모습으로 변신했다. 그런 다음 크게 외쳐 말했다.

"자아가 감히 나와 자웅을 겨루겠다고?"

양전이 자아의 곁에 있다가 조요감으로 비춰보니 그의 원래 모습은 커다란 돼지였다. 양전은 삼첨도로 내리치며 소리질렀다.

"어디서 쪼끄만한 것이 와서 방해하느냐? 내가 여기 있다!"

양전이 칼을 휘둘러 정수리를 쪼개려 하자 주자진은 들고 있던 칼로 황급히 대응했다. 몇 차례 맞붙지 않아서 주자진이 또 몸을 돌려 도망쳤다.

양전이 뒤를 쫓아가자 주자진은 또다시 원래 모습으로 변하여 양전을 한 입에 삼켰다. 자아는 양전이 그렇게 된 것을 보고 크게 놀라 군사들을 돌리도록 명했다.

주자진이 승리를 얻고 원홍에게 돌아오니 원홍은 매우 기뻐하며 술자리를 베풀어 그의 공을 치하했다.

그렇게 술을 마시고 있는데 갑자기 보고가 들어왔다.

"문밖에 한 호걸이 와서 뵙기를 청하고 있습니다."

"들어오게 하라."

원홍이 명했다. 잠시 뒤 얼굴에 꽃가루를 바른 것 같은 사람이 나타났는데, 땅까지 닿는 긴 수염에 정수리에는 두 개의 뿔이 나 있고 머리를 묶어 관을 쓴 모습으로 군막 아래에서 예를 마쳤다.

원홍이 물었다.

"호걸께서는 어느 곳 사람이오?"

"제 이름은 양현楊顯이라 하며, 조부 적부터 매산에서 살았습니다."

이 호걸은 본디 양羊의 요괴로 '양楊'자를 빌어 성을 삼은 매산의 일괴이니 원홍과 마찬가지였다. 다른 사람들이 알아볼까 두려워 주자진을 따라왔으며 가명을 사용해 남의 이목을 속인 것이었다.

원홍은 그날로 그를 군중에 머물게 하고 술을 대접했다. 양현과 주자진은 각기 자신이 적을 부수고 승리할 것이라고 요란을 떨었다.

이에 은파패는 혼자 생각했다.

'이 자 또한 원홍 일당처럼 요괴로구나!'

대소장수들이 술을 마시며 바야흐로 2경쯤 되었을 때,

갑자기 주자진의 뱃속에서 어떤 사람이 말을 걸어왔다.

"주 도인! 내가 누구인지 알겠소?"

주자진은 너무 놀라 혼이 남아 있는 것 같지 않았다. 황급히 물었다.

"당신은 누구요, 지금 어디에 있소?"

양전이 뱃속에서 대답했다.

"나는 옥천산 금하동 옥정진인의 문도 양전이다. 지금 네 뱃속에 들어와 있다. 너는 사람의 피와 살을 탐식하여 매산에서 수없는 중생을 먹어치웠다. 이제 너에게 이런 업장의 죄가 분명하니 내 너의 간장을 맛있게 요리하겠다!"

양전이 그의 심장과 간을 잡아 비트니 주자진이 고래고래 소리질렀다.

"아이구 나 죽는다! 대사님, 제발 이 미물을 용서해 주십시오!"

그러나 양전은 다시 창자를 비틀어 버렸다. 그러자 주자진이 떼구루루 구르면서 소리쳤다.

"아이고, 나 죽는다!"

양전이 말했다.

"너는 살고 싶으냐, 죽고 싶으냐?"

"대사님의 자비를 바랍니다! 소생은 매산에서 천신만

고 끝에 천지간의 영기를 취하고 일월의 정화를 흡입하여 겨우 사람의 형체를 이뤘습니다. 지금 분수를 모르고 하늘의 위엄을 범했으나, 용서하시어 진실로 재생하도록 덕을 베풀어주소서!"

주자진이 이렇게 말하자 양전이 말했다.

"네가 살고 싶으면 속히 원래 모습으로 변하여 서주진영 앞에 나가 무릎을 꿇고 엎드려라. 그러면 내 너를 용서하겠다. 내 말대로 하지 않는다면 나는 너의 심장과 간·폐를 모두 떼어낼 것이다!"

주자진이 어찌할지 모르며 그저 위기만을 모면하려 하자 양전이 크게 호통을 쳤다.

"네가 자꾸 지체한다면 내 곧 말대로 행하겠다!"

주자진은 화들짝 놀라 곧 원래 모습으로 변했다. 커다란 돼지 한 마리가 우당탕 진영을 뛰어나갔다. 원홍은 그것을 보고 매우 난처해하며 안절부절 못했으며 양현도 깜짝 놀랐다. 주자진은 힘이 있어도 쓸 수가 없어 양전이 하라는 대로 들어야만 했다. 그리하여 돼지 요괴는 서주진영의 대군영 밖에 꿇어엎드렸다.

이때 남궁괄이 영내를 순찰하다 4경쯤 되어 대군영문에 이르러 보니 돼지 한 마리가 엎드려 있는 것이었다.

"이것은 민간에서 기르는 것인데 어떻게 여기까지 왔

을까? 날이 밝기를 기다렸다가 원하는 사람이 가져갈 수 있도록 해야겠다."

그러자 양전이 돼지 뱃속에서 소리쳐 말했다.

"남궁 장군, 강 원수께 알리시오. 이것은 매산의 돼지 요괴요. 아까 싸우다가 내가 이 돼지 뱃속에 들어와 이곳에 와서 엎드리게 한 것이니, 속히 원수께 대군영 영문으로 나와 처리해 주시길 청하시오."

남궁괄이 그제야 양전이 변신하여 돼지 복창에 있다는 것을 깨닫고 기뻐해 마지않으며 영문으로 들어갔다. 중군의 바깥 군막에 이르러 운판을 치고 강 원수께 군막에 올라 일을 처리해달라고 청했다. 관리가 자아에게 전하자 곧 군막에 올랐다.

남궁괄이 강 원수에게 아뢰었다.

"양전이 매산의 돼지 요괴를 잡아 영문에 이르렀으니 원수님께서 처리해 주시길 청합니다."

자아가 명을 내려 여러 장군에게 일렀다.

"등불을 켜고 출영하라."

잠시 뒤에 포성을 한번 울리며 자아가 여러 제후를 이끌고 영문으로 가보니, 과연 커다란 돼지가 땅에 무릎을 꿇고 엎드려 있었다.

"이 업장아, 어찌 죄를 지어 스스로 죽음의 화를 자

초했더냐?"

자아가 묻자 양전이 뱃속에서 응하여 말했다.

"원수님, 이 괴물을 베어 후환이 없도록 하십시오."

자아가 명했다.

"남궁괄은 이것을 처형하라."

남궁괄이 칼을 한 번 휘둘렀고 곧 돼지의 머리가 땅에 떨어졌다. 이에 양전이 피로 물든 내장을 헤치고 나와 본모습으로 나타났다. 여러 제후들이 기뻐해 마지않았다. 자아는 돼지머리를 대군영 문에 걸어놓으라 명하고 진영으로 돌아왔다.

한편 원홍은 양현과 이야기를 하고 있었다.

"이렇게 자꾸 본모습이 노출된다면 어찌 체면을 세우겠소? 우리가 매산에서 천 년 동안 도술을 닦으며 훌륭한 명성을 이루려 한 것이 그림의 떡이 된다면 어찌 부끄럽지 않겠소? 맹세컨대 강상을 그냥 놔두지 맙시다!"

이에 양현이 말했다.

"양전도 변화술을 가지고 있어 불의에 주자진이 그 간계에 걸려든 것이니, 이 한을 갚지 못한다면 어찌 다시 인간세상에 설 수 있겠습니까?"

이렇게 두 사람이 피차 통한에 쌓여 있는데 갑자기

군영 밖의 관리가 들어와 보고했다.

"원수께 아룁니다. 천자의 사자가 오셨으니 지금 맞이하십시오."

원홍이 급히 군영 밖으로 나가 사자를 영접했다. 사자가 말했다.

"천자의 칙명을 받들어 현명한 인재 한 사람을 군영에 보내니 수하에 거느리도록 하시오."

원홍이 어지를 받들자 천자의 사자는 다시 떠났다. 원홍은 다시 중군으로 들어가 자리에 앉아 좌우에게 명했다.

"지금 온 사람을 들게 하라."

그 장수가 들어와 면대의 예를 마치니 원홍이 또한 그에게 물었다.

"장군의 이름은 어찌됩니까?"

"제 이름은 대례(戴禮)이며 매산 사람입니다. 천자께서 현자를 부른다는 것을 듣고 천 리를 멀다 않고 와서 원수의 휘하에서 돕고자 하는 것입니다."

이 요괴는 매산의 개 요괴였는데 사람들이 알까 두려워 곧장 뒤따라왔으며, 마치 서로 모르는 사이인 것처럼 한 것이었다. 원홍이 여러 장수들에게 말했다.

"오늘 또 현명한 인재 한 사람이 더해졌으니 반드시

그들과 자웅을 가리겠소."

그리고는 명을 내렸다.

"포를 쏘고 함성을 울려라!"

삼군이 대오를 정렬해 출진하여 자아에게 나오라고 요구했다.

자아는 여러 제후를 거느리고 출진하여 말했다.

"원홍아, 너는 지금이 어느 때인지 모르겠느냐? 네 눈으로 군사를 잃고 장수들이 죽는 것을 보았으니, 하늘의 뜻을 알 만하지 않느냐? 지금 천자의 악행이 넘쳐나 사람과 신이 공노하는데 너는 분수도 모르고 덤벼들어 감히 천하의 제후들과 겨루려 하느냐?"

"너는 너희가 이길 것이라고 자만하고 있는데, 아마 너희들은 오늘 단연코 살아 돌아가지 못할 것이다."

원홍이 웃으며 이렇게 말하고 또 좌우에게 물었다.

"누가 저 역적놈을 잡아오겠는가?"

왼쪽에 있던 양현이 큰소리로 말했다.

"제가 저 반적들을 잡아올 테니 기다려 주십시오."

자아가 보니, 그 장수는 흰 얼굴에 머리카락이 길며 정수리에 두 개의 뿔이 있었다. 양현은 창을 휘두르며 말을 달려 돌진했다. 양전이 깃발 아래에서 조요감으로 비춰보니 그는 양의 요괴였다. 양전은 거울을 수습하고 삼첨도를 휘두르며 곧장 짓쳐나갔다.

두 장수가 맞붙어 싸우고 있는데 천자진영에서 한 장수가 쌍칼을 휘두르며 날듯이 달려나와 외쳤다.

"양형, 당신을 도우려고 왔습니다."

이에 자아의 곁에 있던 나타도 풍화륜에 올라 화첨창을 찌르며 나왔다. 나타가 창으로 막아서며 큰소리로 말했다.

"이놈아, 서둘지 말라! 이름을 밝혀라. 공적부에 기록이나 하자꾸나."

달려오던 장수가 대답했다.

"나는 원홍의 부장군 대례다."

나타가 창을 들어 옆구리와 가슴을 찌르려고 하자 대례는 쌍칼로 급히 맞섰다.

한편 양전과 양현이 이삼십 합쯤 맞붙었을 때, 양현이 말을 돌려 달아났다. 양현은 말 위에서 백광을 토해내며 말을 멈춘 뒤에 원래 모습을 나타내 양전을 해치려 했다.

이에 양전은 이마에 흰 얼룩점이 있는 맹호로 변신했다. 양현은 양전이 맹호로 변한 것을 보고 이미 그를 이길 수 없다고 생각하여 서둘러 도망치고자 했으나 양전의 단칼에 토막이 나고 말았다.

양전은 양의 머리를 자르고서 크게 외쳤다.

"원수께 아룁니다. 제가 또 매산의 요괴 하나를 죽였습니다."

한편 대례는 나타와 한창 싸우다가 입속에서 주발만 한 크기의 붉은 구슬을 토해냈는데, 나타의 정수리를 향해 날아들었다. 나타는 형세가 어렵게 되어 어찌할 수 없다고 생각하여 진영으로 후퇴했다. 양전은 나타가 기회를 놓친 것을 보고 말을 달리며 큰소리로 외쳤다.

"이 업장아, 무례하구나! 내가 왔다."

이에 삼첨도를 들고 대례와 싸웠다. 두 사람이 20합쯤 맞부딪쳤을 때 대례가 말을 돌려 달아나기 시작했다. 양전이 쫓아가자 대례가 다시 붉은 구슬을 토하니, 그 구슬이 광채를 발하면서 양전을 해치려 했다.

양전은 효천견을 공중에 날렸다. 이 효천견은 구슬을 피하며 대례에게 날아갔다. 대례는 효천견이 달려드는 것을 보고 급히 달아나려 했지만, 곧 효천견에게 한 번 물리자 움직일 수가 없었다. 양전이 칼로 한번 내리치자 대례는 말 아래로 굴러떨어져 버렸다.

이리하여 양전은 개 요괴를 또 죽이고 북을 울리며 진

영으로 돌아왔다. 자아는 군막에 올라 양전이 차례대로 여러 요괴를 죽인 것을 보고 그를 치하했다.

한편 원홍은 중군으로 돌아왔는데 대례가 죽으면서 원래 모습이 드러난 것을 본 뒤라 마음이 매우 언짢았다. 여러 장군들이 고개를 맞대고 의논이 분분했지만 별다른 도리가 없었다. 그런데 뜻밖에 보초병이 와서 보고했다.

"원수님, 군영 문밖에서 한 대장이 뵙기를 구하고 있습니다."

조금 지나 한 사람이 군막 앞으로 왔는데, 키는 1장 6척이고 정수리에 쌍뿔이 돋아 있고 입은 말아져 있었다. 또 뾰족한 귀에 금빛 갑옷과 붉은 도포를 입고 온몸은 갑주甲冑에 싸여 있었다. 그는 의기도 당당하게 자금관紫金冠을 쓴 모습으로 앞으로 나와 예를 행했다.

원홍이 그에게 물었다.

"장군의 성함은 어찌되시오?"

"제 이름은 금대승金大升이며 대대로 매산에서 살고 있습니다."

이 자는 소의 요괴로 삼첨도를 사용하며 힘이 무궁한데, 지금 원홍을 도우러 온 것이었다. 이 자도 매산칠괴의 하나이지만 원홍은 모르는 척 일부러 물어보아 다른 사람의 이목을 속이고자 했다.

다음날 금대승은 독각수獨角獸 즉 뿔이 하나 달린 짐승 등에 올라 삼첨도를 들고 서주진영으로 다가왔다.

초병이 들어와 보고했다.

"천자진영에서 온 한 장수가 접전을 청합니다."

자아가 장수에게 "누가 나가 대적하겠는가?"라는 말을 다 마치기도 전에 곁에 있던 정륜이 나와 말했다.

"소장이 가겠습니다."

자아가 허락하자, 정륜은 금정수에 올라 항마저를 돌리며 영문을 나갔다. 정륜이 장수를 대면하니 생김새가 기괴하며 웅위한 기운을 지니고 있었다.

정륜이 물었다.

"지금 온 사람은 누구인가?"

"나는 원홍 원수 휘하의 부장군 금대승이다. 너는 누구냐? 네놈도 이름을 밝혀라."

"나는 오군을 총감독하는 상장군 정륜이다. 내가 보아하니 네놈은 괴상한 자로 사람이 아닌 듯한데, 어찌 감히 천병을 가로막고서 하늘을 거스르는 죄를 짓고 있는 것이냐? 속히 귀의하여 함께 그 악한을 무찔러 무도함을 없애도록 하라. 기회는 여러 번 오지 않는 법이다."

금대승이 대노하여 삼첨도를 휘두르며 독각수를 재

촉하여 오자 정륜은 항마저로 대응했다. 금대승은 원래 소의 요괴였으니 뱃속에 우황牛黃이 있었다. 그것을 입으로 분출해내니 불길과도 같았다.

정륜은 미처 방어하지 못하고 있다가 얼굴에 바로 맞았으니, 콧구멍은 그을리고 뺨은 터지고 혀가 갈라져 그 짐승 아래로 굴러떨어졌다. 금대승이 단칼에 그를 베어 두 동강이를 냈다.

금대승은 정륜의 목을 걸러메고 북을 울리며 진영으로 돌아갔다. 반면에 자아진영의 정탐병은 허둥지둥 달려와서 보고했다.

"정륜 장군이 금대승에게 희생당했습니다."

자아는 상심은 탄식으로 변했다.

"정륜은 여러 차례 공을 세우고 소후蘇侯에게서 서주로 귀의한 이래 군량을 감독하여 그 공이 왕실에까지 이르는데, 이렇게 무명의 장수에게 죽임을 당하게 될 줄을 어찌 알았겠는가? 정말 애통할 일이로다!"

자아는 비오듯 눈물을 흘리며 시로써 조의를 표했다.

흉중의 묘술을 누가 능히 당해내랴만은,
어찌 이곳에서 죽임을 당할 줄 알았겠는가!
다만 맑은 바람으로 항상 벗을 삼아,

의구한 충혼忠魂만 고향 산으로 돌아가는구나.

자아는 이렇게 시를 짓고 나서 이를 앙다물며 복수를 맹세했다.

다음날 자아는 부하들에게 말했다.

"정륜의 한을 풀어줄 사람은 누구인가?"

그러자 곁에 있던 양전이 나서며 말했다.

"제자가 가고 싶습니다."

양전은 말에 올라 천자진영 앞까지 이르렀다. 거기에서 양전은 금대승을 불러댔다.

"금대승, 금대승 이놈."

잠시 뒤 천자진영에서 포성이 울리며 독각수를 탄 금대승이 앞으로 나와 외쳤다.

"지금 네가 나를 불렀느냐? 이름을 말하라!"

"나는 양전이다. 네놈이 금대승이냐?"

양전이 묻자 금대승이 "그렇다!" 하고 대답했다. 두 장수 모두 삼첨도를 가지고 충돌하며 한바탕 대전을 벌여 30합쯤 격돌했다.

양전이 미처 조요감으로 비춰보기도 전에 금대승이 우황을 뿜어냈다. 양전은 금광으로 변하여 남쪽을 향해 달아났고 금대승은 그 뒤를 바짝 뒤쫓았다.

독각수를 탄 금대승이 점점 빠르게 다가오자 양전이 재빨리 조요감을 꺼내 비춰보았다. 금대승의 원래 모습은 물소였다.

양전이 몸을 돌려 변화하여 그를 잡으려던 순간, 홀연히 앞에서 향기로운 바람이 불어오고 꽃냄새가 나며 오색 빛깔의 상서로운 구름이 온 땅에서 피어올랐다. 그 사이로 황색 깃발이 펄럭이는 곳에 한 여도사가 푸른 난새를 타고 나타났다. 그 곁에서 서너 쌍의 여동女童들이 모시고 있었다.

"양전은 빨리 와서 천녀天女를 알현하시오."

양전이 듣고 곧 손을 모아 예를 행하며 말했다.

"제자 양전이 천녀께 인사드립니다."

그 여도사가 말했다.

"양전아, 나는 다름 아닌 여와낭랑女媧娘娘이니라. 이제 성탕은 운명이 다하여 서주왕실이 마땅히 흥해야 할 때이니, 내 특별히 그대가 매산의 요괴를 굴복시키는 것을 도우러 왔느니라."

낭랑은 양전을 곁에 서도록 하고 청운青雲여동에게 명했다.

"이 보물을 가지고 가서 그 업장을 잡아오도록 해라."

청운여동이 보물을 들고 나왔을 때, 금대승은 음산한

구름을 밟고서 칼을 쥐고 쫓아들었다. 청운여동이 앞을 막아서며 큰소리로 말했다.

"이 업장아! 낭랑성모께서 이곳에 계시니 무례함을 멈추어라! 지금 낭랑의 법지를 받들어 너를 잡으러 왔다."

금대승은 대노하여 칼을 높이 쳐들고 휘두르며 나왔다. 청운여동이 복요삭伏妖索을 공중에 풀어놓자 황건역사가 금대승의 코를 꿰어 데려오면서 구리망치로 그의 등을 서너 차례 때렸다. 그러자 뇌성이 울리며 금대승은 원래 모습인 물소로 변했다.

양전이 앞으로 나아가 땅에 엎드려 절하면서 말했다.

"제자 양전은 낭랑성모의 만수무강을 축원합니다."

여와낭랑이 말했다.

"양전, 그대는 소 요괴를 데리고 서주진영으로 돌아가 처리하라. 내 다시 그대가 흰 원숭이의 요괴를 잡는 데 도와주리라."

양전은 여와낭랑과 헤어져 소를 끌고 돌아왔다.

한편 자아는 진영에서 양전의 소식을 물었다. 보고관이 말했다.

"양전이 금광으로 변하여 남쪽으로 달아났고 적진의 대장이 뒤쫓았는데 어찌되었는지 모르겠습니다."

보고를 받자 자아가 안절부절못했다. 이에 나타가 말했다.

"양전은 스스로 운용하는 능력이 있는데 원수께서는 어찌 불안해 하십니까?"

"아직까지 동백후가 도착하지 않고 더구나 매산칠괴가 우리 군사를 가로막고 있으니 내 마음이 안정되지 않아 그렇구나."

자아가 말을 채 끝내기도 전에 보고가 들어왔다.

"양전이 돌아왔습니다."

자아가 군막 앞으로 나가 반가워하며 그 자초지종을 물었다. 양전은 여와낭랑이 소 요괴를 잡아준 일을 이야기했다. 자아가 흐뭇해 명했다.

"여러 제후들을 대영으로 오시게 하여 이 요괴를 효수하는 것을 보게 하라."

잠시 뒤 여러 제후가 대군영 밖에 이르렀다. 자아는 소요괴를 끌어오게 하여 박요삭縛妖索으로 묶어 남궁괄에게 처형하도록 명령했다. 남궁괄은 단칼에 소의 목을 베었다. 맹진의 80만 인마가 모두 환호하며 좋아했다.

자아는 소머리를 깃대 위에 매달아 놓도록 명하고 북을 울리며 진영으로 돌아왔다.

군막으로 돌아온 자아는 양전에게 물었다.

"매산칠괴 중 몇 명을 해치웠는가?"

양전은 헤아려보고 대답했다.

"모두 여섯 요괴를 처치했습니다."

이에 자아가 명했다.

"오늘 저녁 여러 제후에게 전하라. 2경이 되면 일제히 천자진영으로 쳐들어간다."

그리고 양전에게 따로 명했다.

"그대가 원홍을 맡아 상대하여 그 괴물을 항복시킨다면 대사를 이룰 수 있을 것이니라."

"제자가 나타와 함께 싸운다면 더욱 쉽게 위력을 발휘할 수 있을 듯합니다."

양전이 이렇게 답하자 자아는 그것을 허락하고, 여러 장수들을 몇몇 부류로 나누었다.

한편 원홍은 매산의 여러 형제가 자아에 의해 죽자 앞으로 나아갈 수도 뒤로 물러날 수도 없는 진퇴양난에 빠졌다. 원홍은 참군 은파패와 뇌개 두 장군과 의논했다.

"주상께선 우리에게 이곳을 지키라고 명하셨지만, 여기의 서주군은 강성하여 우리가 능히 당해낼 수는 없소이다. 더욱이 연일 요청하나 조가에서는 구원병을 보내지 않고 연락도 없으니 천자께 심려를 끼치게 될까 두렵소."

정황이 이러하니 원홍의 마음속은 불이 활활 타오르는 듯했다. 이에 중군에 명하여 천자께 다시 한번 구원군 파병을 청하도록 했다.

천자진영이 이같이 설왕설래하고 있을 무렵 자아진영은 계획했던 대로 군사들을 정돈하고 있었다. 2경이 되어 포성이 한 차례 울리자 자아는 친히 말에 올라 서주병사들 앞에 섰다.

"함성을 울리면서 일제히 적진으로 돌진하라."

남백후 악순은 2백여 제후를 이끌고 앞장 서서 돌진했고, 북백후 숭응란은 좌영으로 쳐들어갔으며, 이정·위호·뇌진자는 우영으로 밀고 들어갔다. 양전과 나타는 대영으로 갔는데, 이는 원홍을 찾아 싸우기 위함이었다.

원홍은 서주군이 진영을 돌격해 온다는 말을 듣고 철곤봉을 들고 말에 올라 중군을 나왔는데, 바로 그때 양전과 마주쳤다. 두 사람은 다자고자 말도 없이 엉켜붙어 싸우니 살기가 등등하고 찬바람이 휘돌았다.

이처럼 여러 제후들이 일시에 천자진영을 도륙하니, 거꾸러진 시체가 푸른 들에 널려 있고 피는 흘러 도랑을 이루었다. 또한 고통스러워하는 소리는 차마 들을 수 없을 지경이었다.

한편에서는 양전과 원홍의 피 튀기는 접전이 벌어지

고 있었다. 원홍은 원래 모습으로 변하여 공중을 날자 양전이 정수리를 향하여 내려쳤다. 순간 원홍은 별빛이 되어 빠져나갔다.

본래 양전에게는 72가지의 변신법이 있었다. 그는 곧 금빛 광채로 변하여 공중으로 날아오르더니 원홍의 머리를 향해 다시 칼을 휘둘렀다. 원홍 역시 72가지의 능력을 지니고 있었으니 바로 흰빛 기운으로 변하여 몸을 숨겼다.

"매산 원숭이놈! 네가 감히 술수를 부리느냐? 네놈을 잡아 껍질을 벗기고 힘줄을 빼낼 테다!"

양전이 소리치자 원홍 또한 대노했다.

"네놈이 감히 내 형제를 모두 죽였지만 나와 겨룰 수는 없을 것이다! 반드시 네놈을 잡아 시체를 만 조각으로 잘라 그 한을 갚을 테다!"

이렇게 각기 신통력을 부리면서 변화무쌍하게 변환술을 다했으니, 인간세상의 온갖 물체들이 변화하지 않은 것이 없었다. 두 사람의 변환술은 원체 고수여서 쉽게 우열이 가려지지 않았다. 그러다 원홍이 속으로 생각했다.

'지금 적병이 이미 진영을 공격하여 무너뜨리고 있으니 생각건대 오래 버틸 수 있을 것 같지 않다. 속임수로 저놈을 매산으로 유인하여 만약 내 소굴로 들어오기만

한다면 더 이상 도술을 부리지 못할 터이니 그때 저놈을 잡는 일은 여반장일 것이다.'

이에 진영을 버리고 매산으로 달아났다.

한편 여러 제후들은 은나라의 패주하는 인마들을 추격하여 죽이기를 날이 밝아오기까지 하다가, 자아가 징을 울려 병사들을 거두자 각자 진영으로 돌아갔다.

한편 양전은 원홍이 상서로운 빛을 따라 앞으로 가는 것을 보고 이에 말을 버리고 토둔법으로 재빠르게 쫓아갔다. 원홍은 이때 괴석怪石으로 변하여 길가에 서 있었다. 양전은 계속 쫓아가다가 갑자기 원홍이 보이지 않자, 신광을 운용하여 꿰뚫어 보고서 원홍이 괴석으로 변해 있음을 알았다.

'흥, 이놈이 별별 술수를 다 부리는구나!'

양전은 곧 석공으로 변신하여 손에 쇠몽둥이를 들고 그 돌을 내리쳤다. 이 순간 원홍도 알아차리고 푸른 바람으로 변하여 앞으로 도망쳤다. 이처럼 두 사람이 각기 신통함을 부리며 매산까지 이르렀는데, 갑자기 원홍이 보이지 않았다.

양전이 매산을 보니 과연 절경이었다. 늙은 잣나무와 소나무가 양쪽 절벽에 늘어서 있고 음산한 바람이 일어나며 짙은 운무가 깔리니, 요괴들이 능히 이곳을 빌어 행적을 숨길 만했다.

양전은 사방을 차근차근 살펴보다가 홀연히 절벽 아래에서 나는 소리를 들었다. 숨어 있던 수천 수백 마리의 새끼 원숭이들이 손에 곤봉을 들고 양전을 공격하러 오는 것이었다. 양전은 이 작은 원숭이들에게 얻어맞다가는 낭패를 볼 것이라 생각했다.

'산을 내려가는 것이 낫겠다.'

양전은 서둘러 금빛 광채로 변하며 자리를 떠났다. 그런데 돌아가는 길에 신선의 음악소리가 들리더니 온 땅에 상서로운 구름이 감돌면서 다시 여와낭랑이 나타났다. 양전이 산 아래에 엎드려 고개를 조아리며 말했다.

"제자 양전이 낭랑께서 강림하시는지 알지 못하여 실례를 범했으니 부디 용서해 주시기 바랍니다."

여와낭랑이 말했다.

"그대가 비록 옥천산 금하동 옥정진인의 문도며 변화에 능하다 하나 그 요괴를 항복시킬 수는 없도다. 내가 이 보물을 그대에게 줄 터이니 사악한 괴물을 잡을 수 있을 것이니라."

양전이 고개를 조아려 감사의 절을 올리고 나자 그를 위무하며 여와낭랑은 궁으로 돌아갔다. 양전은 이 보물을 펴보고 매우 기뻐했다. 그것은 바로 산하사직도山河社稷圖였다. 양전은 하나하나 법대로 시행하고 그것을 커다란 나무 위에 걸어놓았다.

양전은 다시 매산으로 들어가 아까 왔던 길을 되돌아 밟아갔다. 원홍은 양전이 다시 매산을 오르자 크게 웃었다.

"양전아, 네가 이곳으로 온 것은 스스로 죽음을 자초하는 것이렷다!"

"네놈은 오늘 살아날 방도가 없을 줄 알아라!"

양전이 대답하고 칼을 휘두르며 원홍에게 달려들었다. 원홍도 곤봉으로 막으며 공격했다. 두 사람이 한바탕 대전을 하는데, 곧 양전이 몸을 돌려 달아났다. 원홍이 그 뒤를 쫓았다. 양전은 매산을 내려가 앞으로 계속 뛰었다. 갑자기 앞에 높은 산이 하나 나타나자 양전이 그 숲으로 들어갔다. 원홍도 따라 들어갔는데, 그는 이 산이 여와낭랑이 내려준 산하사직도가 변화하여 이루어진 것임을 알지 못했다.

원홍이 일단 이 산에 들어가게 되면 다시는 산을 나올 수 없게 되어 있었다. 양전은 산 위에서 좌충우돌하는 원홍을 남겨둔 채 슬쩍 산하사직도를 내려왔다.

93 金吒智取遊魂關

금타가 지략으로
유혼관을 취하다

　원홍이 들어간 산하사직도는 사상四象의 변화에 무궁한 오묘함이 있었으니, 그 안에 들어간 사람이 산을 생각하면 곧 산이 되고 물을 생각하면 물이 되고 앞으로 가고 싶으면 앞으로 나가고 뒤로 가고 싶으면 뒤로 가게 되는 것이었다.

　이러는 동안 원홍은 자신도 모르게 원래 모습으로 변해 있었다. 갑자기 향기로운 바람이 코를 찌르는데 매우 감미로웠다. 그러자 이 원숭이는 쪼르르 나무에 기어올라 어디에서 나는지 멀리 바라보았다. 그곳에는 복숭아

나무 한 그루가 잎사귀가 우거진 채 우람한 모습으로 서 있었다. 마침 새빨간 선도仙桃 복숭아가 윤기를 내며 그 밑에 떨어졌다.

흰 원숭이는 그것을 보자 기뻐서 어쩔 줄 몰라하면서 나뭇가지를 잡고 잎사귀들을 헤치며 선도를 가지러 내려갔다. 이윽고 복숭아를 코에 대고 냄새를 맡으며 좋아하다가 한입에 삼켜버렸다.

얼마 후 원숭이가 솔숲 돌에 기대어 앉아 있는데 양전이 검을 들고 나타났다. 흰 원숭이는 놀라 일어나려 했지만 어찌된 일인지 마음대로 되지 않았다. 그가 먹은 복숭아 때문에 허리 아래 부분이 마음대로 움직이지 않는 것이었다.

양전은 재빨리 원숭이의 머리껍질을 움켜잡고 박요삭縛妖索 끈으로 포박했다. 그런 다음 산하사직도를 거두어 남쪽을 향하여 여와낭랑에게 감사한 뒤 흰 원숭이를 끌고 서주진영으로 돌아왔다. 그리하여 양전은 여와낭랑이 가르쳐준 비법으로 매산의 일곱번째 요괴를 잡아들이는 데 성공한 것이다.

양전이 대군영에 이르자, 군정관이 중군으로 들어가 보고했다.

"양전이 명을 기다리고 있습니다."

"들게 하라."

자아가 명을 내리자 양전이 중군으로 들어와 자아를 면대하여 말했다.

"제자가 매산까지 흰 원숭이를 추격하여 여와낭랑께서 주신 한 가지 방법을 운행하여 흰 원숭이를 잡아왔으니, 원수께서 처리해 주십시오."

자아는 하늘을 향하여 감사하며 명했다.

"흰 원숭이를 끌고 와서 나에게 보이라."

잠시 뒤 양전이 흰 원숭이를 끌고 군막에 이르렀다.

"이 어쭙잖은 사악한 요괴가 끊임없이 사람을 해쳤으니 진실로 통분할 일이로구나. 당장 끌고 나가서 참수하라!"

여러 장수들이 흰 원숭이를 끌고 대군영 밖으로 나가자, 양전이 단칼에 흰 원숭이의 목을 베어 땅에 떨어뜨렸다. 그런데 그 머리에서 나온 피는 붉지가 않고 푸른 기운만이 흘러나왔다. 또 이내 목 속에서는 한 송이 흰 연꽃이 피어나오는 것이었다. 이 꽃을 주워서 보니 곧 원숭이의 머리였다.

양전이 계속 몇 번이나 베었는데도 다시 그런 일이 반복되자 급히 가서 자아에게 알렸다. 자아가 곧 대군영 밖으로 나와서 살피니 과연 그러했다.

이에 자아가 말했다.

"이 원숭이는 이미 천지의 영기를 마시고 일월의 정화를 단련하여 이런 변화가 생기는 것이다. 하지만 이것 역시 어려울 게 없다."

자아는 시위에게 명하여 향로가 놓여 있는 탁자를 가져오게 했다. 그런 다음 붉은 호리병을 그 위에 놓고 뚜껑을 열자 그 속에서 하얀빛이 나왔는데, 그 빛의 높이가 3장丈 정도나 되었다.

자아가 몸을 수그리며 말했다.

"보물은 현신하라!"

그러자 눈 깜짝 할 사이에 한 물체가 나타났다. 키는 7촌 5푼 정도 되고 눈썹과 눈이 있었다. 물체의 눈에서 두 줄기 흰 빛이 나타나더니 흰 원숭이의 몸을 꼼짝 못하게 했다.

자아가 또 한번 몸을 숙이면서 말했다.

"법보法寶는 몸을 돌려라!"

법보法寶는 요괴를 제압하거나 죽일 수 있는 신기한 보물이다.

이에 그 보물이 두세 번 공중에서 회전하자 흰 원숭이의 목이 땅에 떨어지고 붉은 피가 낭자하게 퍼졌다. 사람들은 모두 깜짝 놀랐다. 곁에 있던 여러 문도들이 물었다.

"이 보물은 어떤 것이기에 저렇게 요사스런 괴물을 물리칠 수 있습니까?"

이에 자아가 사람들에게 대답해 주었다.

"이 보물은 만선진을 격파할 때 육압도인이 나에게 주면서 뒤에 유용하게 쓰이는 바가 있을 것이라고 했던 것인데, 오늘 보니 과연 그러하도다. 이 보물은 강철을 단련하고 일월의 정화를 취했으며 천지의 뛰어난 기운을 모으고 오행에 맞추어 원만하게 하여 그 가운데서 노란 싹과 백설 같은 것을 취하여 만든 것이니, 이름하여 '비도飛刀'라 하느니라. 이것이 인간이나 신선·요괴의 정수리의 원신元神을 비추면, 아무리 변신을 해도 도망갈 수가 없다. 지난번에 여원余元을 참수한 것도 바로 이 보물이다."

여러 사람이 경탄해 마지않으면서 말했다.

"대왕께서 크신 덕을 지니고 계신 까닭에 이와 같은 법보가 와서 도와주는 것이겠지요."

한편 은파패와 뇌개는 패전하여 조가로 돌아갔다. 그들은 천자를 알현하고 지금까지의 일을 갖춰 아뢰었다.

"매산칠괴가 사람의 모습을 하고 서주군과 여러 차례

싸웠는데 모두 차례로 죽임을 당하면서 본모습을 드러냈으니, 조정의 체면이 크게 실추되고 전군이 몰락하게 되었습니다. 다만 저희들만 살아서 도망친 것입니다. 지금 천하제후들이 맹진에 집결해 있는데, 그 깃발이 하늘을 덮고 살기가 수백 리까지 펼쳐져 있습니다. 바라옵건대 폐하께서는 사직의 안정을 중히 여겨 한 명의 제후라도 성 아래에 이르지 못하도록 하소서."

보고를 듣고 난 천자는 당황스러웠다. 급히 조정회의를 열어 문무대신에게 물었다.

"지금 서주군이 광포하게 일어서고 있는데 이를 어찌 해결하면 좋겠는가?"

여러 장군들이 입이 있어도 아무 말도 못하고 있는데, 비렴이 반열에서 나와 아뢰었다.

"지금 폐하께서는 속히 교서를 내려 조가의 4대문에 붙이옵소서. 서주군을 격파하고 그 장수를 참수하며 깃발을 빼앗아 오는 자에게는 1품 관직을 내리겠다는 내용으로 하시면 됩니다. 예로부터 '큰상을 내리면 반드시 용감한 자가 나선다'라는 말이 있지 않습니까? 그렇게 한 뒤 노인걸처럼 문무를 겸비한 사람으로 하여금 군사와 말을 맡게 하고 정예부대를 훈련시켜 적군을 기다리게 하소서."

천자는 조용히 듣기만 했다.

"이처럼 치밀하게 수성의 준비를 하고 다만 견고히 방어하면서 전투를 하지 않는다면 적군은 지치게 될 것입니다. 지금 제후들은 멀리에서 오기 때문에 속전이 그들에게 유리할 것입니다. 그들과 더불어 싸우지 말고 식량이 다 떨어질 때까지 기다린다면 그들 스스로 싸우지 않고 물러갈 것입니다. 그렇게 어려울 때를 타서 적군을 무찌르면 천하 제후들이 많이 모였다 해도 패주하지 않을 수 없을 터이니 이것이 상책인 듯합니다."

"경의 의견이 지극히 합당하도다."

천자가 곧 조서를 내려 각 문에 붙였다. 그러는 한편으로 노인걸에게 사졸들을 훈련시키게 하여 공수의 준비를 맡겼다.

한편 금타와 목타 형제는 자아와 헤어진 뒤 길에서 상의하고 있었다.

"우리 두 사람은 강 원수의 명을 받들어 동백후 강문환을 구하러 관으로 가는 길인데, 만약 두영竇榮과 직접 접전을 벌인다면 이롭지 못할 것이다. 우리가 도인으로 분장하여 유혼관에 들어가 두영에게 협조하면서 그가 우리를 의심하지 않게 만든 다음에 안팎에서 협공한다면 단번에 성공할 수 있을 것이다. 동생은 어찌 생각하느냐?"

금타가 이렇게 말하자 목타가 곧 수긍했다.

"형님의 말씀이 아주 좋습니다."

이리하여 두 사람은 사신에게 분부했다.

"인마를 이끌고 먼저 강문환에게 가서 알려라. 우리 두 사람은 뒤따라가겠다."

두 사람은 곧 토둔법을 써서 유혼관 안으로 들어가 두영이 머물고 있는 원수부 앞에 이르렀다.

"여봐라! 너희 원수께 저 바다 밖의 연기도사煉氣道士들이 뵙기를 원한다고 알려라."

수문관은 전혀 의심하지 않고 급히 전 앞에 이르러 아뢰었다.

"지금 밖에 두 도인이 와서 자칭 바다 밖의 도사라면서 원수님을 뵙고자 합니다."

두영이 듣고서 명했다.

"들어오게 하라."

두 사람은 전 앞에 이르러 머리를 조아리며 말했다.

"장군님, 빈도들 머리 숙여 인사드립니다."

"어서 오시오. 지금 도인들께선 어디서 무슨 일로 오신 것이오?"

두영이 말하자 금타가 대답했다.

"저희 두 빈도는 동해 봉래도에서 기를 연마한 손덕孫德과 서인徐仁입니다. 저희 형제가 마침 호수와 바다에서 노닐다가 이곳을 지나게 되었습니다. 그런데 강문환이 이 관으로 쳐들어오려 하고, 맹진에 천하제후들이 회합하여 지금의 천자를 무너뜨리려 하고 있다는 것을 알게 되었습니다. 이는 분명 강상이 대역무도하여 미혹하는 말로 천하제후를 모은 것이니, 민생을 도탄에 빠뜨리고 세상을 시끄럽게 하는 것입니다. 그는 천하의 반란자이므로 사람들마다 그를 주살해야 한다는 소리가 높습니다. 우리 형제가 어제 하늘을 살펴보았는데, 은나라의 기세가 바야흐로 왕성해지고 강상의 무리들은 고생할 상이었습니다. 저희 형제는 조금이나마 힘이 되어 장군을 도와 먼저 강문환을 사로잡은 뒤 조가로 가서 돕기를 원하고 있습니다. 그런 연후에 승리할 만한 병사를 제후들의 뒤에 숨겨두었다가 불의에 출동하면 저들은 앞뒤에서 적을 만나게 될 것이니, 한 번의 싸움으로 사로잡을 수 있을 것입니다. 이것은 이른바 '벼락번개는 막을 수 없다'고 하는 것이니, 진실로 불세출의 공을 세우게 될 것입니다. 다만 출가한 저희 빈도는 본래 전쟁의 일을 맡기에는 부당하나 답답한 마음에 장군께 말씀드리는 것이니, 방외술사方外術士의 말이라 하여 비난하지 않기만을 바라나이다."

두영은 다 듣고 난 뒤 묵묵부답이었다. 그러자 곁에 있던 부장 요충姚忠이 큰소리로 말했다.

"주장께서는 결코 이 술사들의 말을 믿어서는 안됩니다! 강상의 문하에 방사들이 매우 많으니 어찌 시비를 분별해 내겠습니까? 전에 듣기로는 맹진에 6백여 제후들이 희발에게 협조한다고 합니다. 지금 주장께선 서주 병사를 막을 수도 없고 그렇다고 맹진에 들어 회합할 수도 없는 형편입니다. 이를 빌미로 강상이 이 두 사람을 거짓 행각도인으로 꾸며 주장의 휘하에 두게 하여 안팎에서 응전하려는 계획을 꾸민 듯합니다. 주장께서는 깊이 생각하고 잘 살피십시오. 경솔하게 믿어 그들의 계책을 받아들인다면 큰 낭패를 당하리다."

금타가 속으로 뜨끔했으나 다 듣고 껄껄껄 웃었다. 그러다가 목타에게 고개를 돌려 말했다.

"도우, 그대가 생각했던 바는 말하지 말게."

금타가 다시 두영을 향해 말했다.

"이 장군의 말은 매우 그럴 듯합니다. 지금은 용과 뱀이 뒤섞여 시비를 분별하기 어려운 때입니다. 그러니 우리들을 어찌 강상이 보낸 자가 아니라고 말할 수 있겠습니까? 장군께서는 의심하지 않을 수 없겠지요. 그러나 저희 빈도가 비록 행각하는 도인이지만 거기엔 이유가 있음을 알지 못하실 것입니다. 저희 사숙이 만선진에서 강상의 손에 죽었으나, 수차 그 한을 갚고자 해도 단독으로는 대응하기 어려울 뿐만 아니라 앞으로 나아가기도 어려웠습니다. 때문에 장군의 휘하에 의탁하여 위로는 조정을 위하여 공을 세우고 아래로는 천륜의 사사로운 원수를 갚으며 그 사이에 장군을 돕고자 한 것이니 어찌 다른 마음이 있겠습니까? 그러나 장군께서 이미 의심하는 마음이 있으시다면 저희가 무엇 때문에 이곳에 머물겠습니까? 다만 우리들의 충심을 분명히 밝히기 위하여 아뢰었으니 물러나겠습니다."

말을 마치고 몸을 돌려 웃으며 나갔다. 두영은 금타의 말을 다 듣고 나서 속으로 생각했다.

'천하의 많은 도인들이 서기를 정벌하러 나섰는데, 강상문하의 도인이 많다고는 하나 해외의 고인高人 또한 적지 않을 것이니, 어찌 이 두 사람이 반드시 강상의 문도이겠는가? 더욱이 우리 관 안에는 병사와 장수가 매우 많으니 그 두 사람이 무슨 일을 할 수 있다고 의심하겠는가? 내가 그들의 생각을 들어보니 도사가 분명하고, 더욱이 이곳까지 지성으로 찾아왔는데 의심한 것 또한 잘못이다.'

이에 황급히 군정관을 불러 명했다.

"속히 가서 도인들에게 돌아오시길 청하여라."

군정관이 금타와 나타의 뒤를 쫓아가 크게 외쳤다.

"두분 도인! 저희 주장께서 모셔오라 하십니다."

금타가 고개를 돌려 뛰어오는 사람을 보고 정색하며 말했다.

"천지신명께서 실로 나의 마음을 비춰주셨구나. 내가 천하제후들의 머리를 베어 그대의 주장께 바쳐 공을 이루게 하려 했으나, 주장께서 거절하여 받지 않으시고 도리어 부장군이 의심하는 바를 믿으셨으니, 이는 내게 씻을 수 없는 치욕을 안겨준 작태로다. 일이 이와 같으니 나는 단연코 돌아가지 않겠다."

군정관이 그를 꽉 잡고 놓지 않으며 말했다.

"도인께서 진실로 돌아가지 않으시겠다면 저 또한 감히 돌아가 저희 주장을 만나뵐 수 없습니다."

이에 목타가 말했다.

"형님, 두영 장군께서 이미 우리를 돌아오도록 청했으니 그가 우리를 어떻게 기다리고 있는지 한번 봅시다. 만약 우리를 중히 대한다면 우리도 그의 일을 도울 것이지만, 그렇지 않다면 지체없이 다시 떠나면 되지 않겠습니까?"

금타는 억지로 응하는 척하며 다시 원수부 앞으로 돌아갔다. 군정관이 먼저 원수부 안으로 들어가 보고했다. 두영이 명을 내렸다.

"어서 들어오시게 하라!"

두 사람은 막부 안으로 들어가 다시 두영을 만났다. 두영은 황급히 계단을 내려와 영접하며 그들을 위안하여 말했다.

"불초한 소생이 도인들께 면목이 없습니다. 적군이 변경에 도달해 있고 관을 방어하는 일에 고심하고 있어서 부족한 저희 부장이 의심하지 않을 수 없었던 것입니다. 또 저의 견식이 얕아 결정할 수 없었으니 두분 도인들께 죄를 지었습니다. 과실을 용서하시기 바라며 헤아릴 수 없이 사죄합니다. 지금 강상이 맹진에 군사를 집결시켜 민심이 흔들리고 있으며 강문환은 성 아래에서 밤낮으로 공격하고 있으니, 장차 어떤 계책으로 천하의 혼란함을 해결하고 그 원수를 잡으며 그 잔당을 뿌리뽑아 만백성을 안심시켜야 할지 모르겠습니다. 바라건대 도인들께서 저를 가르쳐주시면 시키는 대로 다 하겠습니다."

이에 금타가 말했다.

"이렇게까지 빈도들을 환대해 주시니, 저희들의 어리석은 견해일망정 말씀드리겠습니다. 지금 강상이 맹진에서 대적하며 수많은 제후들이 있다 해도 오합지중에 불과하며 사람들마다 마음이 떠난 지 오랩니다. 다만 강문환의 군사가 성 아래에 임박해 있으니, 힘들여 싸울 것이 아니라 계략을 써서 사로잡는 것이 좋겠습니다. 그렇게 하면 협조하여 따르던 제후들은 싸우지 않아도 스스로 달아날 것입니다. 그 뒤에 용맹한 군사들로 하여금 맹진의 후위를 덮치게 하면 강상이 비록 강하다고 해도 어찌 이런 계략에 대비하고 있겠습니까? 저들이 믿고 있는 것은 천하의 제후들인데, 강문환이 동쪽에서 사로잡혀 칼 아래 이슬이 되었다는 소식을 들으면 여러 제후들이 자연 와해될 것입니다. 그렇게 분리되었을 때를 틈타 싸우면 이로써 완전한 공을 이루게 될 것입니다."

두영이 다 듣고 크게 기뻐하며 황급히 자리에 앉을 것을 청했다. 그런 다음 좌우에 명하여 술을 올리게 했다.

금타·목타가 이에 말했다.

"빈도들은 정진하고 있어서 술을 마실 수 없습니다."

금타와 목타가 전 앞의 부들방석에 앉으니 두영 또한 억지로 권할 수가 없었다. 이렇게 하여 하룻밤이 이미 지나갔다.

다음날 두영이 전에 올라 여러 장군들을 모아놓고 의논하는데 보고가 들어왔다.

"동백후가 장수를 보내 싸움을 걸고 있습니다."

이에 두영이 금타와 목타에게 말했다.

"지금 동백후가 성에서 싸움을 걸고 있는데 두분 도인께서는 어떠한 계략으로 저들을 격파하시렵니까?"

"제가 이렇게 왔으니 오늘은 먼저 나아가 한번 보고 그 여하에 따라 동백후를 사로잡을 계책을 내겠습니다."

금타가 황급히 칼을 들고 일어나며 두영에게 말했다.

"장군께서 마음 놓으시고 저를 따라오신다면, 제가 적진을 누르고 그 사람을 잡아오겠습니다."

두영이 듣고 매우 기뻐하며 급히 명을 전했다.

"대오를 정렬하라. 내가 직접 가서 지휘하겠다."

관내에서 포성이 울리고 삼군이 함성을 지르면서 관문을 열었다. 한 깃발이 펄럭이는데 금타가 검을 들고 나왔다.

금타는 동백후의 깃발 아래 있는 대장을 보았는데, 금빛 갑옷에 붉은 도포를 입고 말을 달리며 앞으로 나아와 크게 외치는 것이었다.

"지금 오는 도인에게 먼저 나의 날카로운 칼을 시험해 보아야겠다!"

"그대는 누구인가? 속히 이름을 밝혀라!"

금타가 말하자 그 장수가 대답했다.

"나는 동백후 휘하의 총병관 마조馬兆다. 도인은 누구인가?"

이에 금타가 말했다.

"나는 동해의 도인 손덕이다. 성탕의 빛나는 기운이 한창 왕성한데 천하의 제후가 이유없이 반란을 일으켰으니, 내 우연히 동쪽을 지나다가 강문환이 여러 해 동안 전쟁을 일으켜 백성이 도탄에 빠진 것을 보았노라. 이에 참지 못하여 그 괴수를 잡고 잔당을 멸함으로써 중생을 구제하고자 하는 것이다. 너희들이 천명이 있음을 자각하여 무기를 버리고 항복하면 죽이지는 않겠다. 만약 내 말을 듣지 않는다면 너를 한 줌의 가루로 만들어버리겠다!"

말을 마치자 검을 휘두르며 마조에게 달려나갔다. 마조 또한 칼을 휘두르며 맞붙었다. 이리하여 한바탕 큰 싸움이 벌어졌다.

두 말이 서로 엉켜 교차하기를 이삼십 합쯤 되었을 때, 금타가 둔룡장遁龍樁을 사용하여 기합을 지르며 마조를 향해 내리쳤다. 두영은 병사들을 지휘하여 일제히 공격했다. 이에 동백후 군은 당해내지 못하고 패주하여 달아났다. 금타는 좌우에게 명하여 마조를 사로잡도록 하고, 두영과 함께 승전고를 울리며 진영으로 돌아왔다.

두영이 전에 올라앉자 금타가 곁에 섰다. 두영이 좌우

에게 명했다.

"마조를 데려오너라."

여러 군사가 마조를 끌고 전 앞으로 데려왔는데, 마조는 심지가 굳은 사람이어서 결연한 자세로 꼿꼿이 서 있었다. 두영이 노하여 말했다.

"이 어리석은 놈! 이미 나에게 사로잡혔는데도 어찌하여 무엄하게 구느냐?"

마조가 대노하여 꾸짖으며 말했다.

"나는 사악한 술수에 걸려 사로잡힌 것인데 어찌 너희들 같은 무명의 모리배에게 무릎을 꿇겠는가? 장수가 한 번 죽는 것을 어찌 두려워하겠는가? 속히 형을 집행하라. 많은 말을 할 필요 없다."

두영이 급히 명했다.

"데리고 나가 참수하라!"

이때 금타가 말했다.

"아니됩니다. 제가 강문환을 잡아올 때까지 기다렸다가 함께 조가로 보내 조정에서 법으로 다스리게 한다면, 장군의 불세지공不世之功이 실없는 공적이 아니라는 것을 보일 수 있으니 어찌 상책이라 하지 않을 수 있겠습니까?"

두영은 금타의 이런 수단과 말하는 것에 이치가 명백함을 보고 마음속 깊이 그를 의지하면서 곧 명했다.

"마조를 감옥에 가두어라."

한편 동백후 강문환은 금타가 마조를 잡아갔다는 보고를 듣고 매우 기뻐했다. 그는 이미 금타와 목타가 보낸 전갈을 시위들을 통해 받아본 뒤였던 것이다.

"관으로 들어갈 날이 지척에 있구나!"

다음날 강문환은 대부대를 소집하여 3군으로 정비했다. 그런 다음 북을 크게 울리고 살기가 공중에 가득한 가운데 관으로 가서 도전했다. 보초병이 관 안으로 들어와 사실을 보고하니 두영은 황급히 금타와 목타에게 물었다.

"두분 도인, 강문환이 직접 와서 도전하고 있으니 무슨 계략을 써서라도 그를 사로잡기만 하면 그 공이 매우 클 것입니다."

금타와 목타가 침착하게 응답했다.

"저희들이 이곳에 온 것은 단지 장군을 위하여 빨리 동백후 군을 평정하라는 하늘의 뜻이니, 우리 형제가 한번 이루어 보겠습니다."

이에 곧 검을 들고 관을 나가 적을 맞이했다. 보아하니 동백후 강문환이 말을 타고 선두에 있었으며 좌우로 대소 장군들이 무리지어 전열을 갖추고 있었다.

금타와 목타가 크게 외쳤다.

"역적은 어서 오라!"

"요사스런 도인은 성명을 밝혀라!"

강문환이 말하자 금타가 답했다.

"우리들은 동해의 도인 손덕과 서인이다. 너희들은 신하의 절개를 지키기는커녕 망령되이 일을 벌여 임금을 속이고 반란을 일으켰으며 생령을 살해했다. 그것은 스스로 조종祖宗을 멸하고 후사가 끊기게 되는 화를 부르는 짓거리이니 속히 무기를 버리고 항복하여 지난 일을 속죄하라."

그러자 강문환이 큰소리로 꾸짖었다.

"도리를 저버린 무지한 자들아, 사악한 술수로 우리 장수를 사로잡더니 이제 교묘한 말로 대중을 미혹하려 하는구나. 이번엔 너를 잡아 네 시체를 조각내어 마조의 한을 씻고 말겠다."

칼을 들고 말을 달려 돌진했다. 금타가 검을 들고 이에 맞서 칠팔 합쯤 맞붙었을 때, 강문환이 말을 돌려 달아났다. 금타와 목타가 그 뒤를 쫓아 얼마만큼 갔을 때 금타가 동백후에게 슬쩍 말을 전했다.

"제후께서는 오늘밤 2경쯤에 병사들을 이끌고 관으로 오십시오. 저희들이 기회를 보아 관을 바치도록 하겠습니다."

 강문환은 감사를 표하고 다시 칼을 휘두르며 말을 돌려 가다가 화살을 하나 쏘았다. 금타와 목타는 수중의 검을 휘둘러 화살을 땅에 떨어뜨렸다. 금타가 큰소리로 욕하며 말했다.

 "간교한 도적놈 같으니라고. 감히 화살을 쏘아 나를 죽이려 하느냐? 내 지금은 잠시 돌아가지만 내일 너를 사로잡아 이 한을 갚을 것이다!"

 금타와 목타가 관으로 돌아와 두영을 만나니 그가 물었다.

 "도인들께선 오늘 무슨 까닭으로 보물을 사용하지 않으셨습니까?"

 "저희들이 막 보물을 사용하려는데 뜻하지 않게 그놈이 저항해 왔습니다. 그래서 뒤쫓아가 잡으려고 했으나 그놈이 다시 화살을 쏘아댔습니다. 걱정하지 마시오. 내일 저희들이 틀림없이 사로잡아 오겠습니다."

 금타가 이렇게 대답하고 세 사람이 전 위에서 의논하고 있는데 문득 뒤에서 보고가 들어왔다.

 "부인께서 전에 오르십니다."

 금타와 목타는 전으로 오르는 여자에게 황급히 머리를 조아렸다. 부인이 두영에게 물었다.

"이 두분 도인은 어디서 오셨습니까?"

"이 두분은 동해 밖의 도인인 손덕과 서인이시오. 지금 특별히 나를 도와 함께 강문환을 격파하시겠다 하오. 전날 임전하여 마조를 사로잡았으며 내일은 강문환을 법보로 사로잡을 것이오. 그런 뒤 군사들로 하여금 자아의 후진을 엄습하게 할 것이니, 이는 당해낼 수 없는 책략으로 불세의 공적을 이루게 될 것이오."

두영이 이렇게 말하자 부인이 웃으며 말했다.

"장군께서는 일을 정하실 때 반드시 깊이 생각해야 하며 책략을 쓸 때도 반드시 두루 따져보아야 하니, 하루 아침의 말에 마음이 쏠려 믿어서는 아니됩니다. 만약 불측한 일이 생기면 그 절박함을 막기 어려우니 화가 크게 되오니다. 바라건대 장군께서는 신중하소서. 옛말에 '얻으려면 반드시 주어야 한다' 했으니 장군께서는 세심하게 관찰하소서."

이에 금타와 목타가 말했다.

"두분께 아룁니다. 부인께서 의심하시는 것은 이치가 합당합니다. 우리 두 사람이 무엇 때문에 이곳에 더 머물러 오해를 받겠습니까? 그런즉 이제 작별을 고하겠습니다."

금타와 목타가 말을 마치고 돌아서서 떠나자 두영은

이들을 붙잡으며 말했다.

"두분께선 괘념치 마시오. 제 처가 비록 아녀자이기는 하지만 용병을 잘하고 제법 병법도 알고 있습니다. 제 처는 도인들의 마음이 천자에 있음을 모르고 한낱 방술사로만 보아 그 중에 속이는 바가 있을까 걱정했던 것입니다. 그러니 도인들께선 노여워하지 마시고 부족한 저의 죄를 용서하십시오. 적을 격파하는 날을 기다려 제가 그 은혜를 후히 갚겠습니다."

금타가 정색하며 말했다.

"제가 진심으로 천자를 위하는 것은 천지가 다 아는 바입니다. 지금 부인께서 의심한다고 하여 저희 형제가 표연히 떠난다면 장군께서 주신 후의를 갚기 어렵게 되니, 내일을 기다려 강문환을 사로잡아 저희들의 충정을 보이겠습니다. 다만 부인께서 저희들을 언짢은 자들로 단정 지으실까 걱정입니다."

부인은 부끄러워하며 물러갔다. 두영이 금타와 의논하여 말했다.

"내일 도인께선 어떤 법보로 그 역적을 잡아 여러 의심을 풀고 전승을 얻으려 하십니까?"

"내일 병사들이 맞붙었을 때 나의 법보를 사용하면 자연히 강문환을 잡을 수 있게 됩니다. 그가 사로잡히면 그 잔당들도 반드시 와해될 것입니다. 그 후에 병사를 모아 맹진으로 가서 자아를 사로잡으면 제후들의 군대도 도주하기에 바쁠 것입니다."

금타가 말하자 두영은 기쁜 마음에 내실로 들어가 지친 몸을 자리에 뉘일 수 있었다.

전에 앉아 있던 금타와 목타 두 사람은 2경이 되어갈 무렵 관 밖에서 대포가 울리는 소리를 들었다. 이어서 함성이 하늘까지 이어지며 북소리도 요란하게 달려들었다.

돌격하던 강문환 군은 관 아래에 이르러 대포를 설치해 놓고 공격을 개시했다. 중군관이 서둘러 들어가 운판을 쳐서 두영에게 급보를 알렸다. 두영은 황급히 전으로 나와 여러 장수를 모았다. 부인 철지낭자徹地娘子도 칼을 들고 나왔다.

금타가 두영에게 말했다.

"지금 강문환이 야음을 틈타 성을 공격하니 전혀 뜻밖의 일입니다. 곧 계획을 세워야겠습니다. 병사들은 일제히 나아가 접전토록 하십시오. 그때 제가 법보를 사용하여 그를 대적한다면 성공할 수 있을 것이니 장군께서는 어서 서두르십시오. 부인께서는 제 아우와 함께 이곳에서 성을 지켜 적들을 대비하십시오."

부인이 다 듣고 응낙하며 말했다.

"도인의 말씀은 이치에 지극히 합당합니다. 저는 이곳에서 관을 지킬 터이니 여러분들은 나가서 대적하십시오. 제 생각에 칠흑 같은 밤에 지리에 밝은 저희가 성위에 있으므로 성공할 수 있을 것 같습니다."

두영이 금타의 말을 듣고 전열을 정비하여 관을 나서는데, 부인이 그의 귀에 대고 말했다.

"야밤의 접전은 지극히 위험하오니 반드시 조심하셔야 해요. 무리하게 욕심일랑 내지 마세요. 기회를 잘 살피고 결코 그들에게 포획되어서는 안되어요. 이 말을 꼭 기억하세요!"

금타는 부인이 자기들을 의심하여 절실하게 이야기하는 것을 보고 목타에게 눈짓을 보냈다. 목타는 그 뜻을 알았으니 기회를 보아 처치하라는 것이었다. 목타 또한 눈짓을 보내고 철지부인과 함께 관 위에 머물며 방어하고 있었다.

두영은 관문을 열고 인마를 출동시켰는데, 깃발 아래에서 강문환이 전열 앞으로 뛰어나오는 것을 보고 큰 소리로 말했다.

"역적놈! 오늘은 마땅히 너를 죽일 것이로다!"

강문환은 대꾸도 하지 않고 칼을 휘두르며 두영에게 달려왔다. 두영 또한 칼로써 맞서니 두 마리 말이 뒤엉

키고 쌍검이 교차하는 접전이 벌어졌다.

    이때 칠흑같이 천지는 어둡고 귀신이 호곡하는 듯하여 창검이 부딪치는 소리와 도끼와 칼바람 소리에 어울렸다. 병사들의 울부짖는 소리 또한 땅을 진동시켰다. 밝혀놓은 횃불은 묘한 그림자가 되어 무간지옥을 이루었으며 인마의 흉용(洶勇)함은 바다와 강물이 소용돌이치는 듯했다.

    금타는 병사들 사이에서 혼전하다가 동백후가 2백여 제후를 이끌고 오는 것을 보고 재빨리 둔룡장을 가지고 먼저 두영을 가로막았다.

文煥怒斬殷破敗

노한 강문환이
은파패를 참하다

금타가 둔룡장을 들고 두영을 막아서자 강문환이 재빨리 칼을 휘둘러 두영을 두 동강이 내버렸다. 그는 영문도 모른 채 죽고 만 것이었다. 가련한지고, 가련하도다!

20년 동안 유혼관을 지키며 몸소 수백 번의 전투를 겪으면서도 잘 지켜내어 실패한 적이 없었는데, 오늘에 이르러 금타의 지략에 걸려 비명에 죽게 된 것이다. 사람들이 두영의 충절을 기려 읊은 시가 있다.

이름 드날리고 업적 크나큰 것은

한낱 물거품이 되었고
나라 위한 외로운 충정은
물결 위에 흔들리는 부평초로다.

강문환이 두영을 베자 삼군이 함성을 질렀다.

한편 관 위에 올라 있던 목타는 동백후가 제후들을 이끌고 참전하여 그 소리가 크게 울리자, 성의 누대 위에서 은밀히 오구검吳鉤劍을 들었다. 이 검이 공중에서 뜨자 목타가 슬며시 말했다.
"보물은 돌아라!"
그 검은 공중에서 풍차처럼 두세 번 회전했다. 가련한 철지부인이여!
후세사람들이 또한 이를 기렸다.

윤기 흐르는 머리칼과 화사한 얼굴
모두가 허사이니,
하고 많은 지혜와 책략도
하루아침에 끝이 났구나.

목타가 은밀히 오구검으로 철지부인을 참수한 것이니, 이로써 두영 부부는 한날에 유혼관에서 일생을 마친 것이었다.

목타가 관 위에서 크게 소리쳤다.

"여기 있는 나는 목타다. 강 원수의 명을 받들고 이 관을 취하려고 온 것이다. 지금 너희의 주장은 이미 목 베어졌으니 항복하는 자는 죽음을 면할 것이나 반하는 자는 살아남지 못할 것이다!"

이에 장병들이 모두 땅에 엎드렸다.

금타는 동백후 강문환과 함께 관으로 갔다. 목타는 좌우에게 관문을 열어 영접하게 했다. 강문환은 창고를 조사하고 백성들을 안심시켰다. 사로잡혔던 마조를 풀어주고 금타와 목타 두 장수에게 감사를 표했다. 이에 금타가 말했다.

"제후께선 이제 속히 길을 떠나셔야겠습니다. 저희들이 먼저 맹진으로 가서 강 원수께 보고하도록 하겠습니다. 제후께선 무오일에 늦지 않도록 하여 하늘이 내리시는 조짐에 응하소서."

"삼가 두분께서 향도하시는 바대로 따르리다."

강문환이 답하자 금타와 목타는 작별을 고하고 토둔법을 써서 맹진에 이르렀다.

이때 자아는 맹진의 대진영에서 두 대제후와 함께 의논하고 있었다.

"삼월 초아흐레가 무오일이오. 날짜는 가까워 오는데 동백후가 아직 오지 못하고 있으니 어찌하면 좋습니까?"

이들이 이렇게 걱정하고 있는데 보고가 들어왔다.

"금타와 목타 두분이 대군영 문밖에서 명을 기다리고 있습니다."

들이라고 자아가 명하자 금타와 목타가 군중으로 들어와 예를 마치고 말했다.

"원수님의 명을 받들어 유혼관에 간 일은 잘되었습니다. 우리는 행각승이라 속였다가 기회를 틈타 관을 빼앗았습니다."

자아는 두 사람의 지혜에 깊이 탄복했다.

"이제 하늘의 뜻에 응하여 천하의 제후들이 무오일에 모이는 일만 남았도다."

이어 동백후의 대군이 맹진에 도착했다.

"동백후가 대군영 밖에서 명을 기다리십니다."

"들어오시도록 하라."

자아가 명을 전하자 강문환이 2백여 진의 제후들을 이끌고 진영으로 들어와 자아와 상견했다. 자아는 황급히 자리에서 내려가 영접하며 피차 따스한 위로의 말을 나누었다. 강문환이 말했다.

"번거롭겠지만 원수께서 인도해 주신다면 대왕을 한

번 뵙고 싶습니다."

자아는 기꺼이 강문환과 함께 후영으로 인도하여 대왕을 알현했다.

이 당시 천하제후는 모두 8백 명이 있었는데 각 처의 소제후는 계산하지 않았으니 모두 합하면 1백6십만의 인마가 있는 셈이었다.

바야흐로 3월 초아흐레, 바로 무오일이었다.

강문환의 군대마저 합세하여 말 그대로 천하의 제후들이 다 모이자, 자아는 마침내 대군영 앞으로 나갔다.

"드디어 때가 왔노라. 간악한 천자의 무리를 치고 서주의 깃발을 세우리라!"

맹진 하늘 아래 일제히 함성이 울렸다. 자아는 드디어 보독기를 앞세우고 포성을 울리면서 인마를 정돈하여 조가로 향했다. 그 모습은 비길 데 없는 장관을 이루었다. 대전의 기운이 구름이 되어 아득히 먼 산천에 자욱하고 살기는 천지사방 멀리멀리 진동했다.

그뿐인가? 검과 극은 서리가 쌓인 듯했고, 온갖 깃발들은 푸른 들판을 가득 덮었다. 끊임없이 울리는 징과 북소리가 넓디넓은 뽕밭 등을 뒤흔들었고 때를 맞춰 촉촉한 비까지 내리니 행군하는 병사들의 사기는 사뭇 하늘을 찌를 듯했다.

이렇듯 천하제후들이 인마를 이끌고 거칠 것 없이 행군하고 있을 때 정탐병이 중군으로 들어와 보고했다.

"선행인마가 이미 조가에 이르렀으니 명을 내려주시기를 청합니다."

"대진영을 구축토록 하라."

자아가 명을 내리자 삼군은 함성을 지르며 진영을 설치하고 대포를 배치했다.

한편 조가성을 지키던 병사가 대궐정문인 오문午門으로 들어가 보고하자, 당가관當駕官이 천자께 아뢰었다.

"지금 천하제후들의 군대가 성 아래에 당도하여 진영을 설치하고 있는데, 인마가 모두 1백6십만이나 된다 합니다. 이는 힘으로는 도저히 당해낼 수 없는 병력이니 폐하께서 어지를 굳히소서."

천자가 듣고 낙담하며 여러 문무대신들에게 성 위에 올라 천하제후의 인마를 살펴보도록 명했다. 대신들이 명을 받들어 황급히 성 위에 올라 살피니, 실로 어마어마한 대군의 위용이었다.

네모반듯하게 구축된 진영에는 온갖 깃발들이 펄럭이고, 그 아래 병사들이 산을 이루고 있었다. 둥둥 북을 쳐서 명을 전하니, 위엄이 있고도 또한 엄숙했다.

긴 창은 숲을 이뤄 천 가닥의 버들가지 같고, 짧은 검은 햇살에 부서지는 만 조각의 얼음고기와 같았다. 대나무마디 채찍엔 표범의 꼬리털을 달았고, 방릉간方楞鐧에는 용의 꼬리를 매달았으며, 활과 쇠뇌는 보름달처럼 팽팽히 당겨져 있고, 끌개와 쇠망치는 차가운 별들처럼 늘어서 있었다.

천자는 자아가 진영을 설치하는 것을 보고 황급히 전에 올라 문무대신에게 물었다.

"지금 천하제후들이 이곳에 군사를 집결시켜 위용을 과시하고 있소. 여러 경들에게 이 사태를 모면할 묘책을 구하오."

노인걸魯仁傑이 나와 상주하여 말했다.

"신이 듣자오니 '커다란 집이 무너지려 할 때는 기둥 하나로 버티기가 어렵다'고 합니다. 지금 창고는 텅텅 비었고 백성은 날로 원망을 더해 갑니다. 군사들의 마음이 모두 떠나 있으니 아무리 뛰어난 장수라 한들 어찌 인심을 다독일 수 있겠습니까? 비록 맞서 싸운다 해도 이기지 못하리라는 것은 명백한 사실입니다. 언변에 능한 선비를 보내 군신의 대의와 순역지리順逆之理로써 설득시켜 병사들을 물러가게 하는 것이 가장 좋을 듯합니다. 그렇게 하시면 아마 이 난국을 해결할 수 있을 것입니다. 다른 길은 없을 듯합니다."

천자는 다 듣고서 아무 말 없이 한동안 자리에 앉아 있었다. 그러자 중대부 비렴이 나와 아뢰었다.

"신이 듣자오니 '후한 상금을 내리면 반드시 용맹한 사람이 나타나게 된다'고 합니다. 하물며 도성을 둘러싼 성벽의 길이가 백 리나 되는 이 성 안에 어찌 호걸지사가 없겠습니까? 다만 종적을 감추고 있어 그 이름이 드러나지 않는 것이니, 원컨대 폐하께서는 속히 그들을 구하시어 높은 벼슬과 융숭한 대접을 더하십시오. 그들을 영화롭게 해준다면 반드시 사력을 다하여 이 위험을 해결할 것입니다. 더구나 성 안에는 아직 병사가 십수 만에 이르고 모자라는 대로 식량도 적잖이 있습니다. 그런즉 노인걸 장군을 시켜 군사들을 훈련시키고 배수진을 쳐서 일전케 하소서. 자웅이 아직 결정된 것도 아닌데 어찌 강화를 함으로써 나약함을 보이겠습니까?"

"그 말이 진실로 이치에 맞도다."

천자가 말하고 곧 제왕의 칙서를 방으로 붙이는 한편 군마를 정돈했다.

한편 조가성 밖으로 3십 리 떨어진 곳에 한 사람이

살고 있었는데, 정책丁策이라는 사람으로 고명한 은자였다. 그는 집에서 한거하다가 서주군이 이르러 조가를 포위했다는 말을 듣고 길게 탄식했다.

'지금 천하의 제후들이 병사를 모아 이곳에 이르렀으니 나라가 망할 것이 눈에 보이는데도, 아무도 천자를 위해 힘을 쓰지 않고 속수무책으로 멸망하기만 기다리는구나. 평소에 제왕의 봉록을 탐하던 자들은 있었지만, 이제 제왕의 근심을 나누어 가지려는 자는 어디에 있는가? 생각건대 일찍이 나는 고귀하고 어지신 어른을 찾아가 병법을 전수받아 전투에 능하다. 생각 같아서는 평소의 능력을 나아가 펼쳐보임으로써 군은에 보답하고 싶구나. 하지만 천명이 돌보지 않고 만백성의 마음이 떠나 있으니, 큰 집이 기울어 가는 것을 기둥 하나가 버틸 수 있겠는가? 가련쿠나, 성탕의 지금까지의 덕업이여! 이윤伊尹에게 절하며 남소南巢로 걸桀을 추방하고 6백여 년 동안 이어져 오면서 현명한 군주가 별처럼 무수했는데, 이제 천자 수에 이르러 하루아침에 멸망하게 되었으니 탄식을 금치 못하겠구나!"

정책은 이어 시를 한 수 지어 탄식하는 자기 마음을 담았다.

이윤과 성탕의 덕업은 훌륭했으니,
남소로 걸을 추방하여 제후로 삼았네.
삼공구경三公九卿의 여러 제후들이 천자를 만나,
모두 다 주나라에 속하게 될 줄 누가 알았겠는가?

정책이 막 시를 다 지었을 때 대문 안으로 한 사람이 성큼 들어왔다. 살펴보니 그는 의형제인 곽신郭宸이었다. 두 사람은 상견하고 마주 앉았다. 정책이 물었다.

"아우께선 무슨 일로 오셨소?"

"소제는 장형과 일을 의논드리고자 온 것입니다."

곽신이 답하자 정책이 물었다.

"무슨 일인데 그러오? 일깨워 주구려."

이에 곽신이 말했다.

"지금 천하제후들이 모두 이곳에 집결하여 조가를 포위하여 곤궁에 빠뜨렸으니, 천자께서 현자를 초빙한다는 방을 내셨습니다. 소제는 장형께서 나아가시기를 특별히 청하오니 함께 왕실을 보좌하십시다. 더구나 장형은 세상을 경략할 수 있는 재주를 지니시고 공격과 수비 또한 운용이 정밀하십니다. 이제 출사하게 되면 위로는 조정을 보좌하고 부모의 이름을 빛낼 수 있으며 아래로는 웅지했던 바를 펼칠 수 있을 것입니다."

정책이 웃으며 말했다.

"아우의 말이 비록 일리는 있으나 천자는 실정하고 황음무도하여 천하의 인심을 잃었고 제후들이 이로써 반란을 일으킨 것이니 갑작스러운 일이 아니오. 커다란 종기가 이미 곪은 것과 같으며 운명은 따라야 하니 비록 능력있는 자가 있다 해도 무엇을 어찌하겠소? 그대와 나의 학식이 많다고 하나 한 잔의 물로써 어찌 장작더미에 붙은 불을 끌 수 있겠소? 하물며 자아는 곤륜의 도덕지사이고 삼산오악의 문도들은 목숨을 바치는 것도 아까워하지 않고 있소."

"형님의 말씀은 틀린 것입니다! 우리들은 천자의 백성으로 이 땅에서 먹고 이곳을 밟고 살아왔으니 누가 그 은택을 입지 않았다 말하겠습니까? 나라가 있으면 더불어 있는 것이고 나라가 망하면 더불어 망하는 것으로 지금은 당연히 은덕을 갚아야 할 때인데, 한 번 죽는 것이 어찌 아깝다고 그런 모르시는 말씀을 하십니까? 또 우리는 당당한 장부이며 뜨거운 피가 흐르는데 이곳에서 술만 마시며 주무왕을 기다리고 있기만 해서야 되겠습니까? 저희 형제가 공부했던 바를 논한다면 어떠한 곤륜지사라도 깨우칠 수 있을 터이니, 마땅히 출사하여 천자의 근심을 풀어드려야 합니다."

곽신이 이렇게 말하자 정책이 답했다.

"이보시게 아우, 이 일의 이해가 작다고 할 수는 없는데 어찌 이리 서두시오? 다시 생각해 보도록 하세나."

두 사람이 이와 같이 논란을 벌이고 있던 중에 갑자기 문밖에서 히히힝 말울음 소리가 나며 한 사내가 들어왔다. 이 사람은 동충董忠이었는데 서두는 품이 대단했다. 정책은 동충이 들어오는 것을 보고 물었다.

"현제는 어찌 오셨소?"

"소제는 형님들께 함께 천자를 도와 서주군을 물리치자고 청하러 왔습니다. 어제 저는 조가성에서 현자를 부른다는 방문을 보고서 장형의 성함과 함께 중형과 저 모두 세 사람의 이름을 말하여 비렴의 부대 내에 들게 되었습니다. 비렴이 다시 전자께 상주했더니 내일 아침에 알현하라고 하셨다 하기에 지금 와서 형님들과 약속을 이행하려는 것입니다. 예로부터 이르기를 '문무예를 공부하여 이룬 자는 제왕가에 도움이 된다'고 했습니다. 하물며 임금께서 어려움에 처해 있는데 신하된 자가 어찌 앉아서 볼 수만 있겠습니까?"

동충이 이와 같이 말하자 정책이 말했다.

"아우가 내게 한 마디도 상의도 없이 나의 이름을 거명했다니, 이렇게 막중한 일에 어찌 그리 경솔했소?"

이에 동충이 말했다.

"저는 형님께서 반드시 나가 보국할 것이며 어찌 수주대토(守株待兎)의 무리와 같겠는가 하고 생각했던 것입니다."

곁에 있던 곽신이 기쁘게 웃으며 말했다.

"동충이 행한 바가 옳습니다. 그렇지 않아도 내가 형님께 권하고 있었는데 뜻밖에도 그대가 먼저 이름을 올렸네그려."

정책이 하는 수 없이 술자리를 마련해 환대하니 세 사람이 술잔을 돌려 마시고 다음날 일찍 조가로 갔다.

정책 등 세 사람은 오문에 이르러 지시를 기다렸다. 오문의 관리가 대전으로 가서 상주했다.

"지금 세 명의 현사가 오문에서 어지를 기다리고 있습니다."

이에 천자가 명했다.

"그 세분을 대전으로 모시도록 하라."

관리가 밖으로 나와 어지를 전하자 세 사람은 분부대로 대전으로 나아가 신하의 예를 갖추었다.

천자가 하문했다.

"어제 비렴에게서 경들의 높은 재주를 천거받았소. 경들은 반드시 좋은 계책으로 서주군을 물리쳐 짐이 사직을 보전할 수 있도록 해주시리라 믿소. 짐을 도와 걱정을 덜어주시오. 내 마땅히 그대들에게 전지를 떼어주고 작위를 수여하리다. 짐은 결코 식언을 하지 않겠소."

이에 정책이 아뢰었다.

"신이 듣기에 '전쟁은 위험한 일이지만 성왕聖王은 부득이할 경우 사용한다'고 했습니다. 저희들이 비록 병서를 공부했고 공격과 수비의 방법을 알고 있다 하더라도 저희가 행하는 바는 다만 폐하께 보답하고자 하는 마음뿐입니다. 지금 서주군이 이곳에 이르러 사직이 매우 위태로운 지경에 이르렀으니, 일의 성패는 신들이 미리 헤아릴 바가 아닙니다. 원하옵건대 폐하께서는 각 부서에 조서를 내리시어 저희들이 취하여 쓰는 바를 제공토록 하여 막히는 염려가 없도록 해주소서. 성은이 망극하옵니다!"

천자가 크게 기뻐하며 정책을 신책神策상장군에 봉하고, 곽신과 동충을 위무威武상장군에 봉하여 지위에 맞는 관복과 허리띠를 하사하였다. 허리띠는 금색이고 관복은 자색이었다. 또 연회를 베푸니 세 장군이 은혜에 감사했다. 그 후 세 장수는 노인걸을 찾아갔다. 노인걸은 조가성 밖으로 인마를 이동시키고 있었다.

이때 서주진영에서는 정탐병이 중군으로 들어와 보고

했다.

"은나라에서 대군을 성 밖으로 보내 군영을 세우고 있으니 분부를 내려주십시오."

자아가 명했다.

"여러 장수에게 출영하여 천자진영 앞에서 싸움을 돋우라 하라."

상대편의 정탐병이 들어가 보고했다.

"서주진영의 대부대가 와서 도전하고 있습니다."

노인걸이 보고를 받고 친히 여러 장수를 이끌고 영문을 나서니, 자아가 사불상에 올라타고 양쪽으로 삼산오악의 문도가 늘어서 있는 것이 보였다. 나타는 풍화륜에 올라 화첨창을 들고 왼쪽에 서 있었고, 양전은 삼첨도에 황포를 입고 백마에 올라 오른쪽에 서 있었다. 뇌진자·위호·금타·목타·이정·남궁괄·무길 등도 나란히 도열해 있었다. 여러 제후들의 늠름한 기개 또한 뛰어났다.

이에 맞서 천자진영에서는 노인걸이 앞으로 나와 큰 소리로 외쳤다.

"자아는 나오라!"

자아가 앞으로 나서며 말했다.

"그대는 누구인가?"

"나는 천자군 병마를 총감독하는 대장군 노인걸이다.

자아, 그대는 곤륜의 도덕지사인데 어찌하여 천자의 교화에 따르지 않고 제후들을 규합하여 방자하게 행하는가? 신하로서 임금을 정벌하고 성읍을 도륙하며 장수들을 주살하여 도성을 뒤흔들고 있으니 어찌하겠다는 것이냐? 또 천고에 반역자라는 낙인과 임금을 능멸한 죄를 피할 수 있을 줄 아느냐? 지금 천자께선 이미 너희들의 지나간 일을 용서하여 깊이 따지지 않고 계시니, 너희는 속히 무기를 버리고 철수하여 각자의 지역으로 돌아가 공을 쌓으라. 그리하면 천자께서도 또한 예로써 살펴주실 것이다. 만약에 그렇게 아니하면 천자께서 진노하여 친히 6사師를 이끌고 공격하여 가루로 만들어버릴 것이니 후회해도 소용없을 줄 알아라!"

노인걸이 이렇게 소리 지르며 말하자 자아는 비웃는 말투로 대답했다.

"그대는 천자의 중신인데 어찌 형세를 살피지 않고 흥망도 알지 못하느냐? 지금 천자의 죄악이 가득 차서 천인이 공노하며 천하제후가 뜻을 모아 이곳에 주둔하고 있으니, 천자는 오늘내일 망할 것이다. 그런데도 여전히 억지 말로써 사람들을 미혹하는구나. 지금 천하제후가 이곳에 집결하여 성을 향해 탄환을 겨누고 있어 매우 위험한 형세인데도 그대는 그것을 모른단 말인가!

"필부는 입을 닥쳐라! 나는 그대가 유덕한 사람인 줄 알고 이치에 맞는 말로 설득했는데, 이제 보니 힘만 믿고 망령되이 지껄이는 자였구나! 신하된 자로서 임금을 억압하려 뿐 아니라 온 세상을 비방하기까지 하다니!"

노인걸은 대노하여 이렇게 소리지르면서 고개를 돌려 좌우에게 물었다.

"누가 저 역적을 잡아오겠는가?"

"제가 가겠습니다."

뒤쪽에 있던 곽신이 외치면서 자아에게 달려들었다. 그러자 자아의 곁에 있던 남궁괄이 뛰쳐나가 곽신과 맞붙었다. 양쪽 진영에서 북을 울려대며 살기가 등등했다. 말을 타고 있던 정책도 창을 휘두르며 달려가 싸움을 도왔다. 자아의 휘하에서는 무길이 나가 대적했다.

한 20여 합쯤 맞서 싸웠을 때, 남백후 악순이 말을 달려나가 칼을 휘두르자 천자진영에서는 그에 맞서 동충이 달려나왔다. 자아진영의 왼쪽에서 한 제후가 번개같이 날아왔으니 그는 바로 동백후 강문환이었다.

강문환은 자화류 즉 자줏빛 준마를 타고 떨쳐 일어나 동충을 향해 칼을 휘둘렀는데, 그 날카로운 칼끝은 가슴이 저리도록 섬뜩했다. 동충은 미처 피하지 못하고 땅바닥에 나뒹굴었다.

동백후가 천자진영 앞에서 단칼에 동충을 베어버렸으니, 그 기세는 맹호 같이 흉악하고 승냥이 같이 표독스러웠다. 이때 자아 곁에 있던 나타가 말했다.

"나는 5관으로 진입할 때 큰 공을 세우지 못했으나, 지금 도성에 이르러 대전을 벌이는데 손을 놓고 앉아 성패를 관망하는 것은 말이 안된다!"

큰소리로 외치면서 화첨창을 휘두르며 돌진해 나갔다. 양전 역시 뒤따라 나가 칼을 휘둘렀다. 이쪽 편에서는 노인걸이 창으로 찌르며 말을 달려나와 싸웠다.

양군의 혼전이 계속되니 천지가 근심하고 귀신이 호곡하는 듯했다. 나타가 정책과 접전을 벌이는데 곽신이 와서 도왔다. 천지에 북소리가 진동하고 깃발들이 태양을 가리는데, 나타는 건곤권으로 정책을 명중시켰다. 이리하여 스스로 배운 무예를 원치 않는 임금을 위해 펼치려던 정책은 허무하게 죽고 말았다.

나타가 정책을 죽이자 곽신은 당황하다가 양전의 칼에 목숨을 잃었다. 이에 노인걸은 이길 수 없음을 알고 후퇴하여 진영으로 돌아가고, 자아는 징을 울려 병사들을 거두었다.

노인걸은 세 장군이 연달아 죽임을 당하고 대패했음을 성중에 보고했다. 천자는 보고를 듣고 매우 근심하면서 여러 신하와 의논했다.

"지금 서주군사들이 성 밖에 주둔하고 있는데 장수들은 죽고 병사들은 패주하여 일이 그에 이르렀으니 어찌하면 좋겠는가?"

천자가 말하자 곁에 있던 은파패가 아뢰었다.

"지금 사직은 풍전등화이며 만백성도 지극히 곤경에 처해 있는데 조야에 인재가 없다고 기다릴 수만은 없습니다. 신은 자아와 면식이 있으니 목숨을 걸고 서주진영으로 가서 군신의 대의로써 설득해 보겠습니다. 그리되면 혹 군대를 거두고 제후들을 해산시켜 각기 그들의 본토로 돌아가게 할 수 있을는지도 모르겠습니다. 그렇지 않으면 차라리 마음껏 역적들을 희롱하다가 죽임을 받겠습니다."

천자가 허락했다. 은파패는 어지를 받들고 성을 나와 서주진영에 이르러 통보하도록 했다. 이에 중군관이 들어가 자아를 뵙고 아뢰었다.

"천자의 사신이라는 사람이 영문에 이르렀으니 분부를 청하나이다."

"들어오게 하여라."

자아가 명하자 은파패는 명을 받고 대진영으로 들어섰다. 흘낏 살펴보니 사위가 정말 가지런했다. 양쪽으로 천하제후가 나란히 앉아 있고 가운데 군막 위에 자아가 위엄있게 앉아 있었다.

"강 원수님, 소장 은파패가 갑옷을 입고 있어 예를 온전히 행하지 못하겠습니다."

은파패가 군막 앞으로 가서 말하자 자아는 황급히 몸을 일으켜 영접하며 말했다.

"은 장군께서 이곳에 오시는 수고를 하는군요."

"제가 원수와 헤어진 지 이미 오래 전인데 뜻밖에도 원수는 6사(師)의 대장으로 제후들을 이끌고 계시니 그 영광과 빛남이 실로 사람을 경탄케 합니다. 지금 제가 이렇게 온 것은 말씀드릴 것이 있어서인데 원수께서 받아들여 주실지 모르겠습니다."

은파패가 이렇게 말하자 자아가 당당하게 대답했다.

"장군께서는 무슨 일을 말씀하시렵니까? 들어 따를 만한 것이 있다면야 마땅히 따르겠지만 행할 수 없는 것이라면 말씀하실 필요도 없습니다. 장군께서는 양해해 주십시오."

자아가 앉을 것을 권하자 은파패는 사양하다가 마침내 앉아서 말했다.

"소장이 일찍이 듣건대 천자의 존귀함은 하늘과 같다고 했습니다. 그런데 하늘이 없어지겠습니까? 또 법전에 기록하기를 '천자의 제도를 위반하고 마음대로 징벌하는 자는 난신이니 이런 자는 가차없이 죽여라. 잔당을 모아 모의하고 윗사람을 범하는 자는 반역자이니 그 일족을 멸하라. 이는 천하사람이 모두 요구하는 것이다'라고 했습니다. 옛날에 성탕께서 지극하신 덕으로 갖은 고생을 다하며 하夏나라를 멸하시고 천하를 소유했습니다. 그리하여 지금까지 6백여 년을 이어왔으니 천하의 제후와 백성이 모두 국은을 받았는데 어찌 천자의 신민이 아닌 자가 있겠습니까? 그런데도 원수께서는 이제 보답하려는 생각은 하지 못할지언정, 도리어 앞장서서 반란군의 우두머리가 되었고 천하제후들도 반란하도록 이끌었습니다. 생명을 잔학하게 죽이고 임금의 땅을 침입하며 장군을 죽이고 마침내 왕의 도성까지 핍박했으니 그 죄는 용서받지 못할 것입니다. 천고 이래 모반하고 시해했다는 오명을 어찌 피하겠습니까? 저는 진심으로 강 원수를 위하여 말씀드립니다. 원수께서는 지금 당장 제후들을 후퇴시켜 각기 본국으로 돌아가 덕업을 닦으며 백성을 도탄에 빠뜨리지 않도록 권하십시오. 그리하면 천자께서도 죄를 묻지 않으시고 오로지 정사에 힘써 천 년 동안 즐거워하실 터이니 천하가 무궁한 복을 받게 될 것입니다. 강 원수의 뜻은 어떠하신지요?"

자아가 웃으며 말했다.

"장군의 말씀은 크게 잘못된 것이오. '천하는 한 사람의 천하가 아니며 천하는 모든 사람의 것이다'라고 나는 들었소. 고로 천명은 항상된 것이 아니라 유덕한 자가 갖게 되는 것이오. 옛날 요임금이 천하를 다스리다가 순임금에게 제위를 선양했고, 순임금은 다시 우임금에게 건네주었소. 우임금 이후로 이어져 걸왕에게 제위가 전해졌으나 조정 일을 게을리하고 덕업을 쌓지 아니하여 마침내 하나라는 멸망했소. 성탕은 큰 덕으로써 천명을 계승하여 걸왕을 추방하고 지금에 이르기까지 천하를 소유하고 있소이다."

자아의 말은 거칠 것이 없었다.

"그러한데도 지금 천자의 죄악은 걸왕보다 심하여 황음무도하고 처자를 죽이며 현인의 심장을 도려내고 간언하는 관리를 불에 태워 죽였고 궁녀를 뱀 구덩이에 넣고 올바른 선비를 옥에 가두었소. 또 대신을 죽이고 임신한 아녀자의 배를 갈라 죽였으니, 삼강이 모두 끊기고 오륜이 어그러져 하늘이 노하고 백성이 원망하고 있소. 자고로 이보다 더 심한 죄악은 없었소. '인을 해친 자는 도적이라 하고 의를 해친 자는 잔적殘賊이라 하니, 이러한 도적과 잔적은 일개 범부에 불과하다'는 말이 있소이다. 그러니 천하가 모두 버린 사람이 어찌 임금일 수 있겠소? 지금 천하제후가 함께 무도함을 벌하는 것은 바로 이런 흉악함을 천하에서 몰아내어 백성을 구하자는 것이니 실로 성탕에게는 영광인 것입니다. 고로 하늘의 뜻을 받들어 벌하는 자를 하늘의 사자라 부르는 것이니, 어찌 신하가 되어 임금을 벌한다고 할 수 있겠소이까?"

은파패는 논리정연한 자아의 말을 듣고 어찌할 수가 없음을 깨달았다. 그는 '마음을 단단히 하고 비분강개한 마음으로 한번 더 말하여 신하의 절개를 다해야겠다'고 생각하여 큰소리로 말했다.

"원수께서 말씀하신 바는 편협한 말일 뿐 어찌 올바른 말이라 하겠소? 임금이나 부모에게 잘못이 있다면 신하와 자식된 자는 반드시 완곡하게 간언하여 그 임금을 도에 합당하도록 인도해야 한다는 말이 있소이다. 때로 너무 자심한 부분이 있다 하여도 진심으로 간언해야 할지니 군부의 노여움을 사게 되어 죽임을 당하거나 욕을 당하게 된다 해도 충신과 효자라는 명성을 잃지 않게 됩니다. 일찍이 임금의 과실을 폭로하고 부모의 잘못을 드러내고도 신하나 자식이라고 칭해졌던 사람은 없소이다. 원수께서는 서주를 지덕至德하다고 칭하고 지금 임금을 지악至惡하다고 했으니, 어찌 덕있는 사람이라 할 수 있소이까? 옛날 그대들의 선왕은 유리땅에 7년간 귀양갔다가 사면을 받고 귀국했소이다. 그는 날마다 덕을 쌓아 군부君父께서 베푸신 은혜를 갚으려 했고 한 마디도 임금을 원망하지 않았으니 지금까지 온 천하에서 큰 덕이 있는 자라고 칭송되고 있소이다. 그런데 그대는 갑자기 천하의 제후를 규합하고 망령되게 군부의 과오를 밝히며 방자히 행하고 있소이다. 또 성읍을 도륙하고 장수들을 죽여 백골이 들판에 가득하고 붉은 피가 강물을 이루었소. 백성은 극도의 위험에 처하여 사민四民이 생업을 버려 천하가 황량하고 부자지간의 도리가 지켜지지 못하며 부부가 헤어지고 있소이다. 이런 것은 모두 그대가 앞장서서 저지른 악업이니, 선왕을 부끄럽게 하고 천하후세에까지 죄를 짓게 되어 효자자손이 있어도 시해했다는 악명을 없앨 수가 없소. 더욱이 우리 도성에는 십여 만의 병사가 있고 장수들만도 수백 명이니 공이 배수진을 치고 공격한다 해도 승부를 장담할 수 없을 것이오. 그럼에도 공은 어찌 천자를 모멸하고 자신만을 망령되이 믿고 있소이까?"

좌우의 여러 제후들이 은파패의 말을 듣고 모두 대노했다. 자아가 미처 대답하기도 전에 동백후 강문환이 검을 들고 올라와 은파패에게 소리쳤다.

"너는 국가의 대신이라는 자가 임금을 바로잡아 도로써 이끌지 못하고 이미 그 망국이 눈앞에 이르렀는데도 부끄러움 없이 혀를 놀리고 있느냐? 진실로 개만도 못하니 죽어도 여한이 없으리라! 속히 돌아가지 않으면 죽음을 면치 못할 것이다!"

자아가 급히 그를 말리며 말했다.

"양국이 전쟁을 할 때 서로간의 사자를 해치지는 않는 법이오. 더욱이 주인을 위하여 온 사람인데 어찌 더불어 다투시오?"

강문환이 여전히 노기를 띠고 있는데, 욕을 얻어먹은 은파패가 대노하여 자리에서 벌떡 일어나 소리질렀다.

"네 아비는 황후와 밀통하여 천자를 해치려고 모의했으니 죽은 것이 마땅하다. 너는 덕업을 쌓아 아비의 부끄러움을 덮으려 하지 않고 도리어 방자하게 반란을 일으키니 진짜 역적의 종자로구나. 내 우리 임금을 위하여 네놈들을 토벌할 수 없다면 죽어서 원귀라도 되어 네놈들을 죽이리라!"

강문환은 은파패의 말을 듣고 화가 폭발하여 얼굴 가득 분을 품은 채 검을 치켜들었다.

"이놈! 내 부친께서 화를 당하시고 국모께서 해를 받으신 것은 너희 도적 같은 자들이 국정을 좌지우지 임금을 속였기 때문이로다. 너 같은 패악한 자를 죽이지 않는다면 지하에 계신 내 부친께서 어떻게 원통함을 씻겠는가!"

강문환은 단칼에 은파패를 두 동강이 냈다. 자아가 제지했으나 이미 늦었던 것이다. 여러 제후들이 일제히 말했다.

"동백후가 이런 놈을 죽여버리니 가슴이 다 후련하다!"

그러나 자아는 말했다.

"그렇지 않소. 은파패는 천자의 대신이고 예로써 와서 설득했는데 어찌 이렇게 마음대로 죽이는가?"

"이런 놈이 감히 여러 제후들 앞에서 세 치 혀를 놀려대며 또 저를 능욕했으니, 그를 죽이지 않았다면 제 심장이 답답해 터져버렸을 것입니다."

강문환이 이렇게 대꾸하자 자아가 말했다.

"이미 일이 이렇게 되었으니 후회해도 소용 있겠소?"

子牙暴紂王十罪

자아가 천자의 10대 죄악을 폭로하다

자아는 은파패의 시체를 가져가 높은 언덕에다 예로써 장사지내게 한 연후에 장수들에게 성을 공격하도록 명했다.

이때 천자는 대전 위에서 문무대신들과 일을 의논하고 있었는데, 오문관이 와서 아뢰었다.

"은파패가 자아의 화를 북돋웠는지 죽임을 당한 듯합니다."

천자가 크게 놀라 망연자실했고, 곁에 있던 은파패의 아들이 곡을 하며 말했다.

"양국이 전쟁을 할 때도 사신은 죽이지 않는다고 하는데, 이렇게 함부로 천자의 사신을 죽이니 이보다 더한 반역이 어디 있겠습니까! 신은 목숨을 버리고서라도 부친의 원수를 갚고야 말겠습니다."

천자가 그를 위로하여 말했다.

"경의 충심이 비록 장하나 조심해서 싸워야만 하오."

은성수殷成秀는 인마를 끌고 성을 나가 서주진영 앞에서 싸움을 걸었다. 자아는 마침 성의 공격에 대해 의논하다가 보고를 들었다.

"한 장수가 와서 싸움을 청하고 있습니다."

"누가 나가서 응대하겠는가?"

자아가 묻자 동백후가 나서며 말했다.

"소장이 가겠습니다."

자아가 허락하자, 강문환은 본부인마를 선발하여 대군영을 나서며 은성수를 향해 말했다.

"지금 온 사람은 누구인가?"

은성수가 말했다.

"네놈이 바로 내 부친을 살해한 강문환이렷다!"

강문환은 그가 은성수임을 알고 대응했다.

"네 아버지는 세상 돌아가는 이치를 모르고 혀를 놀리다가 강 원수의 화를 일으켜 내가 베어버렸다. 이제 너도 죽으려고 왔느냐?"

은성수는 대노하여 욕했다.

"이놈! 전시에 사신은 죽이지 않는 것은 세상이 다 아는 바이다. 내 부친께서는 천자의 명을 받들고 우호를 위해 가셨다가 네놈에게 해를 입으셨다. 아버지를 죽인 원수야말로 철천지원수이니 네놈을 잡아죽여 이 한을 씻으리라!"

칼을 휘두르며 날듯이 앞으로 나섰다. 이에 강문환도 칼을 들고 맞싸웠다. 두 장수가 30합쯤 맞붙었는데, 강문환은 동방의 이름난 장수였으니 은성수가 무슨 적수가 되겠는가? 그는 오로지 부친의 죽음에 격분하여 앞뒤 가리지 않고 나섰을 뿐이었다.

그는 곧 강문환이 휘두른 칼에 쓰러졌다. 가련하도다! 이리하여 함께 나라를 위해 충정을 다하던 은파패 부자는 모두 강문환의 손에 죽임을 당하고 만 것이었다.

강문환이 은성수의 머리를 매달고 진영으로 돌아와 보고하자 자아는 서글픈 마음으로 은성수의 머리를 바라보았다.

한편 천자진영에서는 전령이 오문으로 들어가 대전에 이르러 아뢰었다.

"강문환이 은성수의 머리를 잘라 대군영 영문에 매달았으니 어지를 청하나이다."

천자는 그 말을 듣고 기겁을 하며 급히 좌우에게 물었다.

"일이 급하게 되었구나. 어찌하면 좋겠소?"

이제 차마 나서는 신하마저 없었다. 천자가 백관과 함께 이렇게 허둥대고 있는데 곧이어 또 보고가 들어왔다.

"서주군이 4대문을 공격하기 위해 공성전에 쓰는 사다리인 운제雲梯와 화포를 설치해 놓고 성을 포위하고 있으니 잠시도 지체할 수가 없습니다. 폐하께선 속히 방어책을 마련하소서!"

혼비백산한 천자가 무어라 말하기도 전에 곁에 있던 노인걸이 나와 아뢰었다.

"신이 직접 성벽 위에 올라 방어선을 구축하여 당장 급한 불을 끌 터이니 깊이 상념하소서."

노인걸은 성 위로 올라 방비했다.

한편 자아는 구축한 방어벽 때문에 일시에 무너뜨리기 어려움을 알고 병사들을 거두어 진영으로 돌아갔다. 자아는 장수들과 상의하여 말했다.

"노인걸은 충렬지사로 온힘을 다해 성을 지킬 것이니

단번에 무너뜨리기는 어려울 것 같소. 더욱이 도성의 성곽이 견고하여 힘으로 밀어붙인다면 헛되이 전력만 낭비할 것이니 마땅한 계책을 찾아봅시다."

"저희들 각자가 몸을 숨겨 성으로 들어가 안팎에서 싸운다면 단번에 성공할 것인데, 어찌 성 아래에서 그들과 승부를 겨루시려 하십니까?"

모여 있던 문도들이 일제히 대답하자 자아가 말했다.

"그렇지 않소. 지금 여러 사람이 성 안으로 들어가면 살상난투가 벌어질 것이니 백성이 어찌 그러한 도륙을 견디겠는가? 게다가 도성의 백성은 천자의 세력 밑에 있어 천자에게 당하는 잔학함이 더욱 심할 것이네. 지금 다시 살육전을 벌이는 것은 백성을 구하는 것이 아니라 곧 해치는 것이 되네."

"원수의 말씀이 실로 옳습니다."

여러 문도들이 말하자 이에 자아가 다시 말했다.

"지금 천자는 백성의 뼈와 살을 깎아 토목공사를 벌였고, 부역은 무거워 백성들은 그 고통이 골수에 미쳤으며, 마음대로 먹고 잘 수 없는 것을 원망하고 있다 하오. 그러니 먼저 종이에 글을 써서 성 안으로 쏘아보내 백성들이 우리의 진실을 알아듣도록 합시다. 그러면 인심은 이반될 것이니 하루도 못되어 성을 얻을 수 있을 것이오."

"원수께서 하신 말씀이 만전지책萬全之策입니다."

장수들이 말하자 자아는 붓을 들어 글을 썼다. 그리하여 자아가 초안을 쓰고 중군관에게 명하여 수십 장을 베껴쓰게 했다. 그런 다음 그것을 사방에서 성 안으로 쏘아보냈다. 어떤 것은 채 미치지 못하여 성벽 위에 떨어지기도 하고, 어떤 것은 훌쩍 집 안으로 날아들기도 했으며, 길거리에 떨어진 것도 많았다. 병사나 백성이나 할 것 없이 그 종이를 주워 읽었는데, 쓰인 내용이 너무나 명백한 것이었다.

성탕을 소탕하는 천보대원수가 조가의 만민에게 알립니다. 하늘은 백성을 사랑하며 현명한 군주를 내어 백성의 부모가 되게 하심으로써 천도天道를 보호하고 만국을 통제하게 합니다. 그런데 천자는 황음무도하며 생명을 잔학하게 죽이고 사직을 돌보지 않아 기강이 모두 멸절되게 되었습니다. 또한 충신을 죽이며 형벌은 지나치게 참혹하니 천인공노할 노릇입니다. 또 악이 쌓여도 고치지 않으며 악독한 성품이 형성되어 뼈를 자르고 임신부의 배를 가르며 동자의 콩팥을 떼어내 죽였으니 그 고통을 어찌 말로 다 하겠습니까? 백성에게 무슨 잘못이 있어 이토록 잔인하단 말입니까? 이제 우리들은 하늘의 뜻을 받들어 죄악을 응징하고자 제후들을 모두 모아 이 독부獨夫를 처단할 것입니다. 그리하여 만민의 족쇄의 고통을 풀어주고 만물의 생명을 구할 것입니다.

더욱이 우리 주무왕은 품성이 인덕하시며 널리 많은 것을 알고 계시는 분입니다. 원래 군사들을 진입시켜 성을 공격하려 했으나 만백성을 위하는 일이 아니라 생각하여 그만두었습니다. 만백성은 곤궁함에 처해 구원을 갈망하고 있는데, 오히려 일시에 성을 파괴하면 옥석玉石이 함께 타버려 백성을 위하고 죄인을 벌한다는 명분에 맞지 않아서였습니다. 그러니 여러분은 마땅히 이를 알고 속히 도성을 헌납하도록 하여 살육의 두려움을 면하고 도탄에 빠져 있는 고통에서 벗어나십시오. 속히 이 일이 행해진다면 백성들의 고통이 그만큼 줄어들리라 생각하여 특별히 알립니다.

여러 군민軍民들이 그것을 읽고 웅성거렸다.

"주무왕의 인덕함은 온 나라 안에 자자하며 강 원수가 그를 도와 보좌하는데 진실로 지극히 공평무사하다 하오. 우리들은 폭군의 잔학함을 만나 그 고통이 골수에까지 스며있소. 만약 성을 헌납하지 않는다면 거역하는 백성이 될 것이오."

온 성 안에서 공공연하게 이와 같은 얘기들이 오갔다. 군민 모두가 그러했으니 민심의 이반은 진실로 통제하기 어려운 지경에 처해 있었다. 그날 3경쯤 되었을 때 함성이 울리면서 조가성 4대문이 열리고 군민들이 일제히 나와 큰소리로 외쳤다.

"저희들은 모두 조가를 바쳐 진정한 군주의 영접을 원합니다."

그 함성이 천지를 진동했다. 이때 자아는 침소에서 정좌하고 있다가 갑자기 운판이 울리는 소리를 듣고 급히 사람을 시켜 알아보도록 했다. 곧 보고가 들어왔다.

"군민들이 이미 조가를 헌납하고 원수님의 처분을 청하고 있습니다."

자아는 뛸 듯이 기뻐하며 장수들에게 명했다.

"각 문으로 5만 명의 병사를 들여보내고 나머지는 성 밖에 주둔케 하라. 성 안으로 들어가서는 소란을 피우지 말도록 하라. 성 안으로 들어가는 병사들은 민간을 살육하거나 물품을 취하지 말도록 하라. 위반하는 자는 군법에 의거해 목을 벨 것이다!"

자아가 인마를 조가에 진입토록 명하자, 모두 말고삐를 잡고 들어가 각자의 방위에 의거해 동서남북에 위치했다. 때문에 접전하는 소리가 진동해도 백성은 전과 다름없이 안심하고 있었다. 자아는 병마를 이끌고 오문에 섰으며 그 주변에 제후들이 차례대로 섰다.

한편 천자는 궁 안에서 여전히 황후 달기와 술자리를 벌이고 있었다. 그때 갑자기 함성이 하늘을 진동했다. 천자가 크게 놀라 황급히 궁관에게 물었다.

"어디에서 나는 함성이냐? 너무 놀라워 짐의 심장이 갈라지는구나!"

잠시 뒤 궁관이 들어와 보고했다.

"폐하께 아룁니다. 조가의 군민들이 이미 성지城池를 바쳐 제후의 군대가 오문에 와 있다고 합니다."

천자는 허둥지둥 옷을 걸치고 대전에 올라 문무백관과 함께 대사를 논의했다.

"군민들이 이렇게 배반하고 조가성을 바치다니 어찌 이런 일이 벌어졌단 말인가?"

천자가 말하자 노인걸 등이 일제히 말했다.

"도성이 이미 파괴되고 적병들이 이곳까지 들어와 있으니 실로 버텨내기 어려울 것입니다. 그러나 아직 승패가 결정난 것은 아니니 궁성을 의지하여 결사항전하는 길밖에 달리 방법이 없습니다."

이에 천자가 말했다.

"경의 말이 짐의 생각과 꼭같구려."

천자는 친위군을 점검하도록 분부했다.

이때 자아는 중군에서 장수들을 모아놓고 상의하고 있었다.

"지금 대군이 성으로 진입했으니 천자의 병사들과 서둘러 일전을 벌여 대사를 결정합시다. 현명하신 제후들께서는 일심협력하여 도와주시기 바랍니다."

자아가 말하자 제후들이 일제히 소리 높여 말했다.

"온힘을 다해 무도한 폭군을 베겠습니다! 원수께서 내린 분부에 죽음이라도 불사할 것입니다."

이에 자아는 명했다.

"여러 장수들은 순차를 지켜 들고나는 데 혼란이 없도록 하시오. 위반하는 자는 군법에 따라 처리하리라."

서주진영에서 일제히 포성을 울리며 함성을 지르고 징과 북을 울리니 천지가 뒤집힐 듯한 기세였다.

천자가 구간전에서 이런 소리를 듣고 급히 신하에게 묻고 있을 때 오문관이 아뢰었다.

"천하제후들이 폐하의 답지를 청하고 있습니다."

천자가 서둘러 갑옷을 입고 의장을 늘어세워 명하고 어림군御林軍을 이끌고 나갔다. 노인걸이 보필하고 뇌곤과 뇌붕이 각각 좌우에 섰다. 천자는 금배도金背刀를 들고 소요마에 올랐으며 일월용봉기日月龍鳳旗를 펼치고 창과 극을 쨍강거리며 오문으로 나갔다.

이때 서주진영에서는 포성이 울리고 커다란 붉은 기를 양쪽으로 펼치니 출영은 대오가 정연하여 세상에 다시없을 장관이었다.

　천자는 자아군대의 대오가 삼엄하고 엄숙하며 좌우로 늘어선 대소제후가 셀 수없이 많음을 보았다. 또 보아하니 그의 문도와 여러 장수들이 각기 양 곁에서 옹위하고 있어 위풍당당하여 기세가 등등했다.

　좌우에 늘어선 24쌍의 군정관은 붉은 도포를 입고 기러기 날개처럼 도열하고 있었다. 그 정중앙의 커다란 붉은 우산 아래 있는 사람이 바로 자아였는데 사불상에 올라 나왔다.

　천자가 자아를 보니 연로하여 흰 머리가 나부꼈으나 온몸에 갑주를 입고 보검을 든 풍모가 근엄하고 당당했다. 또 동백후 강문환, 남백후 악순, 북백후 숭응란이 서 있는 가운데 희발이 사방제후를 총감독하면서 붉은 비단우산을 펴고 자아 뒤편에 서 있었다.

　자아 역시 천자가 봉황날개 같은 투구에 붉은 갑옷을 입은 채 서 있는 것을 보았다. 자아는 황급히 몸을 일으켜 말했다.

　"폐하, 노신 강상이 갑옷을 입고 있어 온전한 예를 갖추지 못하겠나이다. 용서하소서."

"그대가 강상이냐?"

천자가 묻자 강상이 답했다.

"그렇습니다."

"그대는 일찍이 짐의 신하였는데 어찌하여 서기로 도피하여 악을 따르며 반란을 일으켜 천자의 군대를 욕보이느냐? 지금 또한 천하제후를 모아 짐의 5관을 범하고 더욱 흉포하게 국법을 어기고 대역무도하더니 이제 여기까지 이르다니! 게다가 천자의 사자를 마음대로 죽였으니 그 죄는 결코 용서받지 못할 것이다. 지금 짐이 친히 임전했는데도 무기를 버리지 않고 항거하니 괘씸하기 짝이 없도다! 내 오늘 너희 역신을 죽이지 못한다면 맹세코 돌아가지 않으리라!"

자아가 대답했다.

"폐하께서는 천자의 존귀함 가운데 거하시니 제후들은 사방을 지키고 만백성은 부역을 바칩니다. 좋은 옷과 좋은 음식과 공물이 산과 바다처럼 많으니 폐하께서 소유하지 않은 것이 없습니다. 옛말에 '온 천하에 왕의 신하 아닌 자가 없다'고 했으니, 어느 누가 감히 폐하와 더불어 항거하려 하겠습니까?"

자아의 어투는 공손하기 이를 데 없었다.

"그러나 지금 폐하께서는 하늘을 공경하지 않으시고

무도함을 행하며 백성들을 학대하고 대신을 죽였습니다. 또한 아녀자의 말만 듣고서 음탕하게 주색에 빠졌으니, 아래 신하들이 그것을 본받아 작당하여 원수가 생겨났습니다. 이와 같이 임금의 도가 없어진 지 오래 되었으니, 제후나 신민들도 또한 어찌 임금을 섬기는 도로써 폐하를 모시겠습니까? 폐하의 악행이 온천지에 관통하여 하늘이 근심하고 백성이 원망하여 천하에 반란이 일어난 것입니다. 저는 지금 하늘의 분명한 뜻을 받들어 천벌을 대행하는 것이니, 폐하께선 신하가 임금을 배반하는 것이라고 여기지는 마소서."

천자가 노하며 말했다.

"나에게 무슨 죄가 있기에 대악을 저질렀다는가?"

자아가 말했다.

"천하제후들이여, 내가 천자의 대악을 천하에 폭로하겠으니 들어보시라!"

제후들이 나란히 앞으로 나와 자아가 천자의 열 가지 대죄에 대해 말하는 것을 들었다.

자아는 천천히 말했다.

폐하란 천자의 몸으로 하늘을 이어 즉위하는 것이며 참으로 총명을 다하고 백성의 부모노릇을 하는 것입니다. 그러나 지금 폐하는 주색에 빠져 하늘을 공경하지 않으며 종묘에 마땅한 제사를 드리지 않아 사직이 지켜지지 않는데도 '나에게 백성이 있고 천명을 받은 자이다'라고만 말하고 있습니다. 군자는 멀리하고 소인을 가까이하며 패륜으로 덕을 상실하니 천하고금에 이러한 죄악은 없었습니다. 이것이 첫번째 죄악입니다.

황후는 만국의 어머니이며 덕을 잃은 적이 없었습니다. 그러나 폐하께선 달기의 참언만을 믿어 일체 황후를 돌보지 않다가 그 눈을 도려내고 손을 불에 지져 비명에 죽게 했습니다. 원비를 폐하고 망령되이 요비妖妃를 황후로 세워 방탕무도했으니 대인륜을 파괴한 것입니다. 이것이 두번째 죄악입니다.

태자는 나라의 황자로서 종묘사직을 계승하며 만민이 추앙하던 분이었습니다. 그런데 경솔히 참언만을 믿고서 조뢰와 조전을 시켜 핍박을 하더니 곧 죽음을 내렸습니다. 이처럼 가볍게 국가의 근본을 내버리고 후사를 돌아보지 않아 망령되이 조종을 끊어버리고 종묘사직에 죄를 지었습니다. 이것이 세번째 죄악입니다.

훈구 노대신은 국가의 기본인 것입니다. 그러나 폐하께선 그들에게 해를 입혀 잔인하게 살육하거나 감옥에 유폐시켰으니, 두원선·매백·상용·교격·미자·기자·비간 등이 그러했습니다. 여러 군자들도 임금의 죄를 돌이켜 도로써 인도하지 못하고 이 같은 참상을 당하여 몸이 버려지고 죄인으로 전락했으니 군자의 도가 끊어졌습니다. 이것이 네번째 죄악입니다.

믿음이란 사람의 큰 근본으로 천자께서 사방에 호소한다 해도 한 자라도 증감할 수 없는 것입니다. 지금 폐하께선 달기의 음모를 듣고 그 간계를 이용하여 입조한 제후들을 속였으니, 동백후 강환초와 서백후 악숭우를 시비도 가리지 않은 채 죽여 그 시체를 소금에 절이고 그 몸과 머리를 따로 버렸습니다. 이에 천하제후에게서 믿음을 잃었으며 사유四維를 펼치지 못하게 됐습니다. 이것이 다섯번째 죄악입니다.

법이란 한 사람의 사유물이 아니며 형벌 또한 공평하게 사용해야 하는 것으로 일찍이 과용했던 임금은 없었습니다. 그러나 폐하께선 달기의 참언만을 듣고 형벌을 내리며 충직히 간언하는 자의 입을 막았으며 뱀과 전갈 구덩이에 궁인을 파묻었으니, 백주대낮에도 그 원혼이 부르짖고 푸른 하늘에도 독한 열기가 가득 찼습니다. 이에 천지가 상심하고 천인이 공노하고 있습니다. 이것이 여섯번째 죄악입니다.

천지에서 재물이 생겨나는 것은 제한되어 있는데 어찌 함부로 사치스럽게 하고 모든 재력을 다 모아 자기 것으로 만들어 민생을 곤궁하게 할 수 있단 말입니까? 그런데도 폐하께선 연못과 누각 세우기를 좋아하고, 주지와 육림을 만들어 잔인하게 궁인들의 목숨을 해쳤습니다. 녹대를 만들기 위해 크나큰 토목공사를 벌여 천하의 재물을 다 쓰고 백성의 힘을 다 동원했습니다. 또 숭후호는 빈민들을 괴롭혀 돈 있는 자는 부역을 면해 주고 돈 없는 자에게는 부역을 더했으니 민생은 날로 악화되었습니다. 이 모든 것이 폐하의 탐욕 때문에 생긴 것입니다. 이것이 일곱번째 죄악입니다.

염치는 어리석게 되는 것을 막아주는 것이니 만민의 군주에게 있어서는 더욱 그러합니다. 지금 폐하께선 달기의 요사스러운 말을 믿고 가賈씨가 적성루에 오르도록 속여 신하의 처를 능욕하다가 정숙한 부인이 정절을 지키려다 죽기까지 이르렀습니다. 이에 서궁의 황귀비가 간언하자 그를 적성루 아래로 밀어 비명에 죽게 했으니 삼강이 끊어지고 염치는 전무한 것입니다. 이것이 여덟번째 죄악입니다.

군주의 행동거지가 어찌 망령될 수 있겠습니까? 하지만 폐하께선 놀이를 위하여 생명을 잔혹하게 죽였으니, 공연히 냇물을 건너던 자의 발목을 잘라 노소를 알아보고 임신부의 배를 갈라 태아의 성별과 위치를 알아보았습니다. 백성들이 무슨 잘못으로 이런 고통을 당한단 말입니까? 이것이 아홉번째 죄악입니다.

임금의 연회는 항상 있는 것이지만 그것이 계속되어 그칠 줄 모른다는 말은 들어본 적이 없습니다. 그러나 폐하는 요부 호희미와 놀아나고 녹대에서 주야로 달기와 음행을 벌이며 술에 빠져 방자했습니다. 또 달기의 말을 믿고 사내아이의 콩팥을 구워먹고 국을 끓여먹음으로써 만백성의 후사를 끊었으니 그 잔인함과 악독함은 고금에 가장 심한 것입니다. 이것이 열번째 죄악입니다.

신이 비록 말을 다하여도 폐하께선 개과천선하려 하지 않으시니, 방자히 행하신 악독함으로 군민이 거의 죽게 되었으며 백골이 청천에 드러나 있습니다. 저희 신민은 이런 세상에서 살다가 무고하게 살육을 당하기 싫습니다. 지금 신 강상은 하늘의 분명한 명을 받들어 주무왕 희발을 도와 천벌을 대행하려는 것이니, 폐하께서는 신을 반역의 소인배로 여기지 마십시오.

천자는 자아가 폭로하는 열 가지 죄악을 다 들으며 기가 막혀 입을 벌린 채 멍하니 있었다. 8백여 제후들은 자아의 말이 끝나자 모두 아우성쳤다.

"이 무도한 폭군을 베어버립시다!"

여러 사람이 앞으로 나왔는데 그 중에서 동백후 강문환이 큰소리로 말했다.

"은수殷受는 말을 돌리지 말라, 내가 왔다!"

천자가 이 대장을 보니 붉은 끈이 휘날리는 투구를 쓰고 금빛 찬란한 갑옷에다 똬리 튼 용을 수놓은 홍포를 두르고 대도를 지녔으며 백마를 타고 있었다.

동백후는 말을 휘몰아 앞으로 나와 큰소리로 말했다.

"나의 부친 강환초는 그대에게 죽었고 나의 누님 강황후도 그대가 눈과 손을 잘라 비명에 죽었다. 오늘 주무왕의 인의로운 군사와 강 원수의 힘에 의지해 이 무도한 자를 죽이고 나의 끝없는 한을 풀겠노라!"

이때 남백후도 청총마를 몰고 나와 소리질렀다.

"무도한 어리석은 임금아! 너는 나의 부친을 죽인 원수이니 같은 하늘 아래에서 살 수 없다. 강 황형! 저 자를 죽이는 공을 나 악순에게도 남겨주시오."

하면서 군진 앞으로 달려나와 계속 질타했다.

"네가 무도함을 행하여 나의 부왕께서는 죄도 없으신데 무고하게 죽임을 당했으니 용서할 수 없다!"

이에 창을 휘둘러 심장을 겨누자 천자는 들고 있던 칼로 맞받았다. 강문환도 칼을 들고 덤볐다.

두 제후와 천자가 이렇게 오문에서 싸웠다. 용호가 상쟁하여 싸움이 벌어지니, 삼군이 북을 치며 창검을 뽑아 들었다. 붉은 깃발이 화염처럼 펄럭이고 하얀 혁대가 눈서리처럼 휘날렸다.

북백후 숭응란은 동남 두 제후가 천자와 대전하는 것을 보고 급히 말을 달려와 도왔다. 천자는 또 한 명의 제후가 오는 것을 보고 정신이 까마득했다. 세 제후가 각자의 병기를 휘둘러 그 살기가 천지를 가리고 태양을 덮는 것 같았다.

주무왕은 소요마에서 이를 보다가 탄식하며 말했다.

"천자가 무도한 까닭에 천하제후들이 이곳에 모여 군신의 구별없이 전쟁을 벌이고 있으니, 관과 신발이 거꾸로 된 것으로 어찌 체통이 있다 하겠는가? 진실로 하늘과 땅이 뒤집어진 때이로다!"

이에 소요마를 달려 앞으로 나가 자아에게 말했다.

"세 제후는 천자를 교화시키는 것이 마땅한데 어찌 천자께 대항하고 있소? 이는 진실로 군신의 체면이 없는 짓이오."

"방금 대왕께서도 노신이 천자의 열 가지 죄악에 대해 말하는 것을 듣지 않으셨습니까? 천자는 천지의 인신人神에게 모두 죄를 얻은 자로서 천하의 모든 사람이 토벌하는 것이 가하다고 하니, 이것은 천명을 준행하여 무도함을 벌하는 것입니다. 노신이 어찌 천명을 위반하겠습니까?"

자아가 이렇게 말하자 대왕이 대답했다.

"지금 천자가 정사를 그르치고 있다 해도 우리들 모두 그의 신하인데 어찌 군신이 서로 적대할 수 있겠소? 원수께서는 이 위급한 상황을 진정시키시오."

자아는 대왕의 청이 너무나도 간곡한지라 더 이상 어찌할 도리가 없었다. 그리하여 마침내 한 가지 꾀를 생각해냈다.

"대왕의 뜻이 정히 그러하시다면 북을 울려 군사들을 수습하겠습니다."

자아는 이에 "북을 쳐라!"고 명을 내렸다. 천하제후가 북소리를 들었을 때 좌우에 분분히 흩어져 있던 35기마가 천자를 가운데 두고 빙 둘러섰다.

子牙發柬擒妲己

자아가 첩지를 내려 달기를 사로잡다

주무왕은 어질고 후덕한 임금이었으니 '북을 치면 나아가고 징을 치면 멈추는' 뜻을 어찌 진정으로 이해할 수 있었겠는가?

여러 장수들은 북소리를 듣고 각기 앞을 다투며 창·칼·검·갈래창·채찍·굴대쇠·끌개·쇠망치·갈고리·낫·큰도끼·작은도끼 등을 들고 일제히 앞으로 나와 천자를 에워쌌다.

그러자 노인걸이 뇌곤과 뇌붕에게 말했다.

"군주가 근심하면 신하는 치욕스럽다고 했으니, 우리

는 이제 충성을 다해 보국하고 죽음을 바쳐 승부를 가려야 할 것이오. 어찌 저 역신이 무위를 떨치도록 내버려두겠는가!"

뇌곤이 말했다.

"형님의 말씀이 옳습니다. 우리는 마땅히 죽음을 바쳐 선왕께 보답해야 합니다."

세 장수가 말을 몰아 포위망으로 돌진했다. 훗날 이 날의 싸움을 읊은 한 편의 찬讚이 있다.

살기가 허공과 대지에 가득하고,
연기와 먼지가 산마루를 가로막네.
늘어선 8백 제후가 공격하니,
일시에 천지가 뒤집히네.
화강고花腔鼓 북소리 우레처럼 진동하고,
어림군御林軍은 깃발을 펄럭이네.
문도들은 맹호와도 같으니,
천자는 점점 패색이 짙어가네.
이 역시 천하의 살운을 만난 것이니,
오문 밖에서 함성이 천관天關을 진동시키네.
여러 제후들이 각자 방위에 위치하니,
허공 가득 창칼이 즐비하네.
동백후 강문환은 위용을 떨치고,

남백후 악순은 표범처럼 몸을 흔드네.
북백후 숭웅란은 눈처럼 흰 칼날을 휘두르고,
무왕 휘하의 남궁괄은 먹이를 다투는 맹호 같네.
정동쪽 푸른 깃발 아래에 있는,
여러 제후들은 쪽빛으로 물들어 있는 것 같고,
정서쪽 흰 깃발 아래에 있는,
날쌘 용사는 얼음바위처럼 매섭고,
정남쪽 붉은 깃발 아래에 있는,
여러 문도들은 마치 불덩이 같고,
정북쪽 검은 깃발 아래에 있는,
군문은 흡사 까마귀 같네.
천자는 신위神威를 크게 떨치고,
노인걸은 한 점 단심으로 가득하다네.
뇌곤은 좌우에서 가로막고,
뇌붕은 좌우에서 보호하네.
여러 장수들 일제히 돌진하여 상하로 늘어서니,
천자와 세 장수가 앞뒤를 어찌 막으리?
정수리를 내리치는,
저 병기는 얼음덩이처럼 소름끼치고,
옆구리를 찌르는 저 창검은
이무기와 용이 일제히 뒤집어지는 듯하네.
다만 들리나니
쨍강! 쨍강! 탕탕! 꽝꽝!

채찍을 후려치고 굴대쇠를 내지르고,
도끼를 휘두르고 검으로 찌르면서,
좌우에서 인귀人鬼를 빨아들이네.
채찍으로 걸고 굴대쇠로 헤쳐나가고,
도끼로 몰아붙이고 검으로 막아서면서,
상하에서 간담을 서늘케 하네.
진정 천자의 힘은 춘삼월의 무성한 풀처럼 솟구쳐,
싸울수록 더욱 용기백배하고,
여러 제후들은 분노에 떨며,
우레 같은 함성을 내지르니,
그 소리 북두칠성까지 들리네.
천자는 처음엔 자신만만했지만,
나중엔 기력이 모자라 지탱하기 힘드네.
사직을 위해서라면 어찌 살기를 바라며,
공명을 위해서라면 어찌 목숨이 아까우랴!
존망이 경각에 달렸고
생사가 목전에 닥쳐왔네.
허나 천자는 용맹이 대단하니,
여러 제후들 결국 멈칫하네.
"얍!" 하는 소리와 함께 장수를 말에서 고꾸라뜨리니,
"윽!" 하는 소리 지르며 안장에서 나뒹구네.
천자는 비룡처럼 칼 휘둘러,
눈 조각처럼 장수와 병사를 베어버리고,

아이들 장난처럼 제후를 쓰러뜨리며,
대장을 목 베니 귀신도 놀라 호곡하네.
이때 성난 나타와,
노기충천한 양전이 고함치네.
"천자는 도망치지 말라!
우리가 그대와 자웅을 겨루리라!"
보기에 가련하구나!
천지를 진동하는 슬픈 곡성,
산마루를 적시는 삼군의 눈물.
영웅들이 나라 위해 몸 바치니,
핏물이 도도히 온 땅을 붉게 물들이네.
말이 사람을 짓밟으니 소리조차 지르기 어렵고,
장수들 삼군을 살육하니 피할 곳이 없네.
비참하도다!
비명지르는 하급장교들 어지러이 치달리니,
찢어진 북과 부러진 창을 모두 내던지네.
수많은 훌륭한 인재들 피 흘리며 패주하고,
무수한 군병들 부상당한 채 도망가네.
천자는 간담이 서늘하고 장수들 기겁하니,
뇌곤과 뇌붕도 정신이 없네.
바로 군왕이 무도하여 나라를 망쳤으니,
책략에 뛰어난 신하의 온갖 계획도 헛되고 말았네.
이 한바탕의 대격전 굉장하도다!

눈 녹아 봄 냇물 되듯 세상에 당할 자 없으며,
바람이 붉은 꽃잎 떨어트려 온 땅에 가득하네.

천자는 여러 제후들에게 포위당해 있었지만 전혀 두려워하지 않고 오히려 손에 든 칼을 휘둘러 기합과 함께 남백후를 단칼에 베어 말에서 쓰러뜨렸다.

노인걸은 창으로 임선林善을 꿰어죽였다. 이를 본 나타가 분노하며 풍화륜에 올라타고 소리쳤다.

"함부로 날뛰지 말라, 내가 간다!"

옆에 있던 양전·뇌진자·위호·금타·목타 등도 일제히 소리쳤다.

"오늘 천하의 제후가 크게 모였는데 설마 우리가 그들만 못할쏘냐?"

그러면서 일제히 포위망으로 와서 가세했다. 양전은 칼로 뇌곤을 베어죽였고, 나타는 건곤권으로 노인걸을 후려쳐 목숨을 빼앗았다. 뇌진자는 몽둥이 한 방에 뇌붕을 때려눕혔다.

동백후 강문환은 나타 등 여러 사람이 공을 세우는 것을 보더니 칼을 집어넣고 대신 채찍을 손에 쥐고 천자를 향해 후려쳤다. 채찍이 너무 빨리 날아왔으므로 천자는 미처 피하지 못하고 등에 얻어맞아 말에서 떨어질 뻔했다. 간신히 몸을 추스른 천자는 그 길로 곧장 오문으로 도주했다.

여러 제후들이 함성을 지르며 일제히 추격하여 오문에 이르렀으나, 오문이 닫히는 바람에 그냥 돌아설 수밖에 없었다.

자아가 징을 울려 병사를 철수시킨 뒤 군막에 올라앉자 여러 제후들이 와서 자아 앞에 이르렀다. 자아가 대소 장수들을 점검해 보니 26명이 돌아오지 못해 있었다. 또한 남백후 악순이 천자에게 살해당했으므로 강문환 등이 몹시 마음 아파하며 애도했다.

대왕이 제후들에게 말했다.

"오늘 이 험악한 싸움은 군신간의 명분을 잃었으며 강 군후가 또한 주상을 채찍으로 쳐서 부상을 입혔으니 나의 마음이 심히 안타깝소."

이에 강문환이 앞으로 나서며 말했다.

"대왕의 말씀은 잘못되셨습니다. 천자의 잔악함에 사람과 천지신명이 모두 노하고 있으니, 곧장 저잣거리에서 죽이더라도 그 죄를 대속하기에는 부족한데, 대왕께서는 어찌하여 그 자를 두둔하십니까!"

주위의 대소 장수들이 모두 동백후의 말에 동의하자, 마음이 어진 주무왕도 더 이상 말을 잇지 못했다.

한편 천자는 강문환에게 채찍으로 등을 얻어맞고 패주한 뒤 구간전에 이르러 말없이 고개를 숙인 채 스스로 탄식에 잠겼다.

"하고 많은 충직한 간언들을 듣지 않다가 오늘의 치욕을 당했으니 후회한들 무엇하랴! 또한 노인걸과 뇌곤 형제마저 비명에 죽었으니 장차 이를 어찌할꼬!"

옆에 있던 중대부 비렴과 악래가 아뢰었다.

"오늘 폐하께서는 천만 군사들에게 포위당하셨지만 신위를 떨치시어 오히려 여러 역신들을 베어 죽였습니다. 다만 강문환이 휘두른 채찍에 잘못 맞아 폐하의 용체에 상처를 입혔습니다만, 며칠만 요양하시면 다 나아 싸움터에 나서서 반드시 그 역적들을 무찌르실 것입니다. 옛말에도 이르길 '길인吉人은 하늘이 돕는다'고 했으며, '승패는 싸움에서 흔히 있는 일이다'고 했으니, 폐하께서는 과히 심려치 마소서."

천자가 하교했다.

"충량한 신하들은 이미 찾기가 어렵고 모두 떠나버렸으니, 짐이 부상당한 몸으로 어찌 다시 일어나 무슨 낯으로 저들과 다투겠는가?"

이렇게 말한 다음 천자는 호위대를 따라 내궁으로 들어갔다.

비렴이 악래에게 말했다.

"적병들이 오문에서 공격하고 있는데 안으로는 응원군이 없고 밖으로도 구원병이 없어서 금방이라도 끝장날 것이 뻔한 일이니 우리는 어찌 처신하는 것이 좋겠소? 만약에 적병들이 황성으로 진격하여 '형산荊山의 불길이 옥과 돌을 다 태워버리는' 것처럼 되어버린다면, 아깝게도 백만금의 재산이 결국 저들의 차지가 되고 말 것이오!"

"현형의 말씀은 결국 지금의 상황을 깊이 살피지 않는 말씀입니다. 무릇 대장부라면 마땅히 기회를 보아 행동해야 합니다. 지금 천자는 공업을 세울 수도 없고 천하제후들을 물리칠 수도 없어 멸망이 경각에 달렸습니다. 우리는 기회를 틈타 천자 곁을 떠나 주나라로 귀순하여 각자의 부귀를 잃지 않도록 합시다. 또한 주무왕은 인자하고 자아는 영명하므로 우리가 귀순하는 것을 보면 반드시 죄를 내리지는 않을 것입니다. 이것이 바로 상책입니다."

"현제의 말은 나를 꿈속에서 깨어나게 하는 것 같소. 또 한 가지 나의 생각으로는 그들이 황성을 격파하는 날을 기다렸다가 나와 그대가 함께 대대로 내려온 옥새를 훔쳐내 숨겨놓고서 제후들의 결정을 기다립시다. 나는 성탕의 나라를 계승하는 자는 반드시 주나라일 것이라 생각하니, 주무왕이 내정으로 들어오기를 기다렸다가 우리들이 가서 보고 그 옥새를 바치도록 합시다. 그러면 주무왕은 틀림없이 우리들이 충심으로 나라를 위한다고 여겨 기뻐하며 의심하지 않고 작록을 내려줄 것이오. 이 또한 일거양득이 아니겠소?"

"그렇게 하면 반드시 후세에 우리들을 평가하길 '훌륭한 새는 나무를 가려서 깃들고 현명한 신하는 주인을 가려서 섬긴다'는 지혜를 잃지 않았다고 할 것입니다."

두 사람은 말을 마치고 크게 웃으면서 스스로의 계획이 훌륭하다고 자부했다. 그러나 그들이 어찌 그 간교한 뜻을 이룰 수 있겠는가?

한편 천자가 내궁으로 들어가니 달기·호희미·왕귀인 세 사람이 달려나와 어가를 맞았다. 천자는 세 사람을 보자마자 자기도 모르게 마음이 쓰라리고 목이 메었다. 천자가 달기에게 말했다.

"짐은 매번 희발과 강상을 깔보고 있었는데, 저들이 천하의 제후를 규합하여 여기까지 쳐들어올 줄이야 어찌 알았으리? 오늘 짐이 친히 강상과 싸웠는데 그 기세를 당해내지 못했으며, 비록 몇 명의 반신을 베기는 했으나 결국 강문환에게 채찍으로 등을 얻어맞았소. 마침내 노인걸과 뇌곤 형제가 절개를 지키다 죽었소. 짐이 조용히 앉아 생각해 보니, 도저히 조정을 지탱할 수가 없으므로 멸망이 코앞에 닥친 듯하오. 성탕께서 제위를 전하신 지 28세가 되었는데 오늘 하루아침에 나라를 잃게 되었으니, 짐은 장차 무슨 면목으로 하늘에 계신 선제先帝들을 뵈올 수 있겠는가! 이젠 후회해도 때는 늦었도다. 다만 세 미인은 오랫동안 짐과 함께 거했는데 하루아침에 헤어지게 되었으니 짐의 마음이 몹시 아프도. 어찌하면 좋겠는가? 만약 희발의 군대가 내정으로 쳐들어온다면 짐은 어찌 그의 포로가 되겠는가! 차라리 짐이 먼저 자결하는 것이 나으리라. 짐이 죽고 나면 그대들은 반드시 희발의 손에 돌아가고 말 것이다. 짐은 그대들과 오랫동안 사랑을 나누었는데 결국 결말이 이렇게 되고 보니 짐의 마음이 심히 애통하구나!"

말을 마치고는 비 오듯 눈물을 흘렸다. 세 요괴는 말을 듣고 일제히 무릎꿇고 울면서 천자께 상주했다.

"신첩 등은 폐하께서 내려주신 은총을 가슴과 뼛속 깊이 새겨두고 죽도록 잊지 않겠나이다. 지금 불행히도 이러한 난리를 만났는데 폐하께서는 신첩들을 버려두고 어디로 가시려 하옵니까?"

천자가 울면서 말했다.

"짐은 강상에게 사로잡혀 만승의 존귀함을 욕되게 할까 두려우니, 이제 그대 세 사람과 헤어져 혼자 떠날 것이니라."

달기가 천자의 무릎에 엎드려 울면서 말했다.

"폐하의 말씀을 듣고 신첩의 마음은 칼로 도려내는 듯하오니다. 폐하께서는 어찌하여 첩들을 버려두고 가려 하시나이까?"

달기가 천자의 용포자락을 부여잡고 온 얼굴에 눈물을 흘리며 교태어린 고운 말로 통곡하니 떼어놓고 떠나기가 진실로 어려웠다. 천자는 어쩔 수 없이 좌우에 술자리를 마련하라 명하여 세 미인과 함께 술을 마시면서 작별했다. 천자가 술잔을 들어 시 한 수를 읊으면서 술을 권했다.

지난날 녹대에서 가무 즐길 때를 떠올리니,
강상이 군대 모아 쳐들어올 것을 뉘 알았으리?
바로 오늘 난새와 봉황이 서로 헤어지니,
원앙이 다시 만나기는 이미 어렵게 되었구나.
열사는 연기와 화염 속에서 모두 사라지고,
현신은 바야흐로 운이 크게 열렸네.
한 잔의 이별주에 마음이 취한 듯하니,

깨고 나면 푸른 뽕밭이 몇 번이나 변할 것인가?

천자는 시를 노래하고 나서 연거푸 몇 잔을 마셨다. 달기가 또 한 잔을 받들어 올리자 천자가 말했다.

"이 술은 진정 마시기가 어렵구나. 진정 목구멍으로 넘길 수가 없도다!"

달기가 말했다.

"폐하께서는 잠시 근심걱정을 멈추소서. 신첩은 장수 집안에서 성장하여 일찍이 칼쓰기와 말타기를 배워 자못 능합니다. 또한 동생들도 모두 도술에 능하고 병법에 통달했나이다. 폐하께서는 마음 놓으소서. 오늘 밤 신첩들이 한바탕 공을 세워 근심을 풀어드리겠습니다."

천자는 그 말을 듣고 정신이 번쩍 들었다.

"만약에 그대들이 과연 적을 격파할 수만 있다면 그것은 진정 백세토록 영원할 공이니 짐이 무엇을 걱정하랴!"

달기는 다시 천자께 몇 잔 술을 올리고 나서, 이윽고 호희미와 왕귀인과 함께 준비를 하면서 이 밤에 서주진영을 급습하기로 의논했다.

천자는 갑옷과 투구를 말쑥하게 차려 입은 세 사람을 보고 마음속으로 크게 기뻐하면서 오늘밤 공을 이루기를 기다렸다.

달기와 호희미 등 세 사람은 모두 갑옷과 투구로 완전무장을 하고 만반의 준비를 갖추었다. 그리하여 밤이 이슥해지자, 달기는 쌍칼을 들고 호희미는 쌍보검을 들고 왕귀인은 수란도繡鸞刀를 들고서 모두 도화마桃花馬를 타고 괴상한 소리를 내지르며 서주진영으로 짓쳐 들었다.

각자 요사스런 바람에 올라타고 흙먼지와 돌모래를 휘몰아 날리면서 진영 안으로 돌진했다. 그러자 서주진영의 군사들은 순식간에 동서남북도 분간할 수 없었으며, 군영을 지키던 장교들은 모두 달아나고 순찰하던 장교들도 속수무책이었다.

층층이 막아놓은 목책이 바람에 날려 동쪽으로 자빠지고 서쪽으로 넘어졌으며, 철기와 수레까지도 사방팔방으로 뒤죽박죽이 되어버렸다. 소스라치게 놀란 대소 장수들이 급히 자아에게 보고했다.

자아는 그때 점을 쳐보고 스스로 기뻐하던 중이었다.

'갑자甲子일에 천자가 멸망하리라!'

그때 급보가 날아왔다. 자아가 황급히 일어나 군막을 나와 살펴보니 과연 한바탕의 요사스런 바람과 괴이한 운무가 밀려오고 있었다.

자아가 황급히 명을 내렸다.

"여러 문도들은 일제히 나가 저 요괴를 잡도록 하라!"

나타가 급히 풍화륜에 올라 화첨창을 흔들고, 양전은 말을 몰아 삼첨도를 휘둘렀으며, 뇌진자는 황금곤을 사용했다. 위호는 항마저를 꼬나쥐고, 이정은 방천극을 흔들었으며, 금타와 목타는 4자루의 보검을 치켜들었다.

모두 일제히 중군의 막사를 나가 세 요괴와 대적했다. 세 요괴가 갑옷과 투구로 무장하고 좌충우돌하면서 돌진하는 것을 보고 양전이 소리쳤다.

"이 망할 것들! 함부로 날뛰지 말라! 내 이제 네것들을 저승으로 보내주마!"

나타가 풍화륜에 올라 용맹을 떨치며 앞장서자 일곱 문도들이 세 요괴를 포위했다. 자아는 중군에서 오뢰정법五雷正法을 사용하여 사악한 기운을 진압하고자 한 손을 내리쳤다. 그러자 허공에서 뇌성벽력이 울려 세 요괴의 간담을 서늘케 했다.

세 요괴는 포위한 장수들이 모두 도술에 능하다는 것을 새삼 깨달았다. 그들은 이기기 어렵다고 판단하여 감히 싸우지 못한 채 한바탕 괴이한 바람을 일으켰다. 그러고는 말과 함께 서주진영을 빠져나와 오문으로 도주해 돌아갔다. 그렇지만 세 요괴는 2경에 서주진영으로 들어가서 4경에 도망쳐 돌아올 때까지 수많은 병사들을 해쳤다.

천자는 오문 밖에서 세 요비妖妃가 적을 공격하여 공을 이루길 눈을 씻고 기다렸다. 그때 홀연히 세 요비가 당도하자 천자가 급히 물었다.

"경들이 적진을 급습한 일은 어찌되었는가?"

달기가 대답했다.

"자아가 만반의 준비를 갖춰놓고 있었으므로 공을 이룰 수가 없었습니다. 하마터면 저들의 포위망에 걸려들어 다시는 폐하를 뵙지 못할 뻔했습니다."

천자는 그 말에 크게 낙심이 되어 고개를 숙인 채 말이 없었다. 오문으로 들어가 대전에 오르자 천자는 눈물을 흘리며 말했다.

"뜻밖에 하늘이 나를 버리니 이 난리를 구할 수가 없구나!"

달기 역시 울면서 말했다.

"신첩은 오늘 공을 이루어 역신들을 평정하고 사직을 편안케 하기를 손꼽았으나, 뜻밖에 천심이 따라주지 않아 힘으로 지탱할 수 없으니 어찌하오리까!"

"짐은 이미 하늘의 뜻을 돌이키기 어려워 인력으로 해결할 수 없음을 깨달았으니, 이제 그대 세 사람은 헤어져 각자 살길을 찾아 저들의 속박을 면하도록 하라."

소맷자락을 뿌리치고 곧장 적성루로 들어갔다. 세 요

괴 또한 심하게 붙잡지 못했다.

천자가 적성루로 떠난 뒤에 달기가 두 요괴에게 말했다.

"지금 천자가 이곳을 떠났는데 잠시 뒤면 반드시 자결할 것이다. 우리들이 수년 동안 누려온 성탕의 천하가 이제 깨끗이 끝장났으니, 우리들은 어디로 가는 게 좋단 말인가?"

호희미로 둔갑한 구두치계정九頭雉鷄精이 말했다.

"우리들은 다만 천자를 미혹시켰을 뿐 다른 사람은 모두 우리 편이 아니니 지금 깃들 곳이 없소. 차라리 헌원軒轅의 묘로 돌아가 예전처럼 소굴에서 안거한 뒤 다시 계획을 세우도록 합시다."

왕귀인으로 둔갑한 옥석비파정玉石琵琶精이 말했다.

"언니의 말씀이 매우 타당합니다."

그리하여 세 요괴는 함께 옛 소굴로 돌아가기로 의논했다.

한편 자아는 세 요괴의 습격을 받고 급히 군영 앞으로 나갔으나 세 요괴는 이미 도망가고 없었다. 자아는 군대를 거둬들이고 군막에 올라앉았다. 여러 제후들이 군막에 들어와 면대하자 자아가 말했다.

"한순간 방비를 소홀히 하다가 요괴의 습격을 당했소. 다행히 여러 문도들이 모두 도술에 능했기 망정이지 그렇지 않았다면 그들에게 넘어가 큰 봉변을 당할 뻔했소이다. 지금 빨리 해치우지 않으면 차후에 틀림없이 화를 일으킬 것이오."

자아는 말을 마치고 향안을 가져오라 명했다. 좌우에서 명을 듣고 즉시 향안을 설치했다. 자아는 기도한 뒤에 금전을 늘어놓고 점을 쳐보더니 크게 놀라며 말했다.

"본래 그러했구나! 더 이상 지체한다면 세 요괴가 도망치겠다."

급히 명을 내렸다.

"양전은 첩지를 받아들고 가서 구두치계정을 잡아오너라. 만일 놓친다면 군법으로 다스릴 것이니라!"

양전은 명을 받고 즉시 떠났다. 자아가 또 명했다.

"뇌진자는 첩지를 받아들고 가서 달기로 둔갑한 구미호리정九尾狐狸精을 잡아오너라. 만일 실수하면 군법에 따라 다스릴 것이니라!"

이어서 또 명했다.

"위호는 첩지를 받아들고 가서 옥석비파정을 잡아오너라. 만일 명을 어긴다면 마찬가지로 필히 군법으로 다스릴 것이니라!"

세 문도는 각기 명을 받고 대군영 문을 나서면서 의논했다.

"우리 세 사람은 세 요괴를 잡으러 가지만 도대체 어디에서부터 손을 써야 할 줄을 모르니, 어디로 가서 그들을 찾는단 말인가?"

양전이 말했다.

"세 요괴는 지금쯤 천자가 이미 일을 수습할 수 없다는 것을 알고서 틀림없이 궁중으로부터 도망쳐 나올 것이니, 우리들은 토둔법을 써서 공중에서 기다리고 있다가 그들이 어느 곳에서 나오는지를 지켜보도록 합시다. 모름지기 조심해서 그들을 사로잡는 데 힘을 써야지 자칫 일을 망쳤다가는 원수의 날벼락을 받을 것이오."

뇌진자가 말했다.

"양 사형의 말씀이 옳습니다."

말을 마치고 각자 토둔법을 운용하여 공중에서 세 요괴가 나오기를 기다렸다.

이때 달기는 한바탕 싸우고 돌아온지라 몹시 배가 고팠다. 그리하여 호희미·왕귀인과 함께 궁중에서 살찐 궁인 몇 명을 잡아먹고 나서야 비로소 몸을 일으킬 수 있었다. 그런 다음 그 요괴들은 달아나기로 했다.

한바탕 바람소리와 함께 세 요괴는 공중으로 솟구쳐

앞으로 달려갔다. 양전이 바람소리를 듣고 급히 뇌진자와 위호에게 말했다.

"요괴가 오고 있으니 각자 조심하시오!"

양전이 보검을 휘두르며 소리쳤다.

"괴물들은 게 섰거라! 내가 왔다!"

구두치계정은 양전이 검을 들고 쫓아오는 것을 보더니 손에 든 검을 치켜세우며 욕했다.

"우리 자매들이 성탕의 천하를 망쳐놓아 너희들에게 공명을 이루게 해주었는데 도리어 우리를 해치려 하다니, 어찌 천리도 모른단 말이냐!"

양전이 대노하여 말했다.

"이 요망한 짐승! 입이 뚫렸다고 아무 말이나 함부로 하는구나. 여러 말 말고 속히 포박을 받아라. 나는 강원수의 명을 받고 특별히 네놈을 잡으러 왔다. 도망치지 말고 내 검을 받아라!"

치계정이 검을 들어 급히 막아섰다. 뇌진자가 황금곤으로 내리치려 하자 어느새 구미호리정이 쌍칼로 막았다. 위호가 항마저를 휘두르자 역시 옥석비파정이 수란도로 막았다. 세 요괴와 양전 등 세 사람이 맞붙어 서너 합쯤 싸웠을 때, 세 요괴가 요사스런 빛으로 막으면서 도주했다. 양전과 뇌진자·위호는 행여 놓칠까 봐 전력을 다해 추격했다. 이를 증명하는 찬讚이 있다.

    요사스런 빛은 탕탕!
    싸늘한 기운은 쏴쏴!
    요사스러운 빛이 탕탕하게 퍼지니,
    떠오르는 해도 빛을 잃고,
    싸늘한 기운이 쏴쏴 엄습하니,
    천지가 어둠에 싸이네.
    막막한 황하에 괴이한 먼지 일고,
    가득한 검은 구름에 요기가 번뜩이네.
    치계정·호리정·비파정이 앞을 향해 도망치니,
    마치 번갯불이 번뜩이며 나는 듯하고,
    뇌진자·양전·위호가 추격하니,
    마치 소낙비에 광풍이 분 듯하네.
    세 요괴가 죽을힘을 다해,
    마치 활시위에서 화살이 떠난 듯이 달아나니,
    어찌 동서남북을 돌아보겠는가?
    세 장수가 공을 다투며,
    흡사 낙엽이 바람에 날리는 것처럼 뒤쫓으니,
    어찌 흐르는 물이 멈추려 하겠는가?
    화가 난 뇌진자,
    호리정을 추격하니 굴이 있어도 찾기 힘들고,
    마음 바쁜 양전,

치계정을 따라잡으니 하늘로 올라도 길이 없네.
교활한 비파정은 빠져나가려 하지만,
영명한 위호가 뒤쫓아 진압하네.
이 역시 세 요괴가 지은 죄업이 많아서,
세 장수의 현공玄功을 만나 목숨을 빼앗겼다네.

양전은 구두치계정을 추격한 지 한참 만에 따라잡아 효천견을 공중에 던졌다. 그 개는 수도하여 영기를 이룩한 선견仙犬이었으므로 요괴를 보자 발톱을 세우고 이빨을 쫙 벌려 쫓아가 한 입에 치계정의 모가지를 물었다. 요괴는 통증을 느낄 겨를도 없이 피를 흘리며 죽어라 도망쳤다. 양전은 효천견이 치계정의 목을 물었으나 여전히 도망치는 것을 보고 조급해져 급히 토둔법으로 추격했다.

뇌진자는 호리정을, 위호는 비파정을 쫓아 쉬지 않고 추격했다. 바로 그때 앞에 두 개의 황색 깃발이 공중에 펄럭이면서 향기로운 연기가 자욱이 온 땅에 퍼졌다.

摘星樓紂王自焚

적성루에서
천자가 분신자살하다

 양전이 한창 치계정을 쫓아가다가 앞을 보니 황색 깃발이 펄럭이고 보개寶蓋가 휘날리면서 몇 쌍의 여동들이 좌우로 나눠 서 있었는데, 그 가운데에 한 낭랑이 푸른 난새를 탄 채 오고 있었다. 바로 여와낭랑의 수레였다.
 여와낭랑은 푸른 난새를 타고 와서 세 요괴의 길을 가로막았다. 세 요괴는 감히 앞으로 나아가지 못하고 요사스런 빛을 거두고서 땅에 엎드려 애원했다.
 "낭랑님의 성스런 가마가 강림하는 줄도 모르고 미천한 축생들이 길을 비켜나지 못했으니 부디 용서를 바라옵니다. 저희 미천한 축생들은 지금 양전 등의 추격을 받아 위급한 상황에 처했으니 낭랑께 구원을 청하나이다."

여와낭랑이 듣고 나서 벽운동녀碧雲童女에게 분부했다.

"박요삭縛妖索으로 이 세 업장을 묶어 양전에게 넘겨주어라. 그리하여 서주진영으로 끌고 가서 자아의 처분을 받도록 하라."

벽운동녀가 명을 받고 세 요괴를 포박하자 세 요괴가 울면서 호소했다.

"낭랑님께 아룁니다. 지난날 낭랑님께서 초요번招妖旛으로 저희 요괴를 불러내어 조가로 가게 했기에, 저희들은 궁궐로 잠입하여 천자를 미혹하여 그로 하여금 올바른 도를 행치 못하게 했습니다. 그렇게 함으로써 그의 천하를 멸망케 했던 것이지요. 저희 미천한 축생은 다만 명을 받들어 모든 일을 제대로 처리했을 뿐입니다. 천자 좌우의 충신들을 내쫓게 하여 그의 천하를 멸망케 했습니다. 지금 이미 멸망에 처했기에 바로 낭랑님의 법지에 복명코자 했사온데, 뜻밖에 낭랑님께서는 오히려 미천한 축생들을 속박하여 자아의 처분을 받게 하시니, 혹시 잘못 생각하신 것은 아닙니까? 통촉해 주시길 바랍니다."

여와낭랑이 말했다.

"내가 너희들에게 은나라 수受 즉 주왕의 천하를 멸망

케 한 것은 본래 상천의 운명에 따른 것이었느니라. 그런데 너희들은 무단히 악업을 저질러 무고한 생령을 해치고 충신열사들을 도륙하는 등 참담한 죄악을 자행하여 생명을 사랑하시는 상천의 어지신 뜻을 크게 거슬렀도다. 이제 너희의 죄악이 차고 넘치니 올바른 법도에 따라 처단하는 것이 마땅하도다."

이 말을 듣자 세 요괴는 엎드린 채 감히 소리내지 못했다.

양전은 뇌진자·위호와 함께 세 요괴를 추격하다가 상서로운 광채를 바라보고 황급히 두 사람에게 말했다.

"앞에 여와낭랑의 성스런 수레가 강림하셨으니 빨리 나가 알현합시다."

세 사람이 앞으로 나아가 엎드려 절을 올렸다.

양전 등이 말했다.

"제자들은 성스런 수레가 강림하신 줄을 몰라 영접하는 데 실례를 범했으니 부디 용서를 비나이다."

여와낭랑이 말했다.

"양전, 내가 사로잡은 이 세 요괴를 그대에게 넘겨줄 터이니 그대는 속히 진영으로 압송하여 자아에게 법대로 시행하라 이르라. 이제 주왕실이 흥하면 다시 천하가 태평해질 것이니라. 그대 세 사람은 이제 떠나거라."

양전 등은 여와낭랑에게 감사를 드리고 머리를 조아리면서 물러나와 요괴들을 서주진영으로 끌고 갔다.

양전 등은 세 요괴를 구름 아래로 내던지고 마침내 토둔법을 거두고서 대군영 밖에 이르렀다. 여러 군사들이 보니 공중에서 세 여자가 내려오고 뒤이어 양전 등 세 사람이 오자 황급히 중군으로 들어가 보고했다.

"양전이 명을 기다리고 있습니다."

"들어오라 하라."

양전이 군막으로 들어가 자아를 뵙자 자아가 말했다.

"요괴를 잡으러 간 일은 어찌되었느냐?"

"원수님의 명을 받들고서 세 요괴를 쫓아가던 도중에 다행히 여와낭랑을 만났는데, 낭랑께서 크게 인자하심을 베풀어 박요삭으로 세 요괴를 포박하여 넘겨주셨습니다. 지금 대군영 밖에 끌고 왔으니 분부를 내리소서."

자아가 명을 내렸다.

"끌고 오너라!"

군막 아래의 좌우 제후들이 모두 어떻게 생긴 요괴인지 보러왔다. 잠시 뒤에 양전·뇌진자·위호가 각자 구두치계정·구미호리정·옥석비파정을 압송하여 군막 아래에 이르렀다. 세 요괴가 군막 앞에 무릎꿇자 자아가 말했다.

"너희 세 업장들은 무단히 악행을 자행하여 무고한 생령을 해쳤으며 실컷 사람을 잡아먹으면서 성탕의 천하를 깨끗이 끝장냈도다. 이것이 비록 천명이라고는 하나 너희는 어찌하여 마음대로 사람을 죽였더란 말이냐? 천자에게 포락형을 만들도록 사주하여 간언하던 충신들을 처참하게 살해하고, 채분을 만들어 궁인들을 잔인하게 죽였도다. 녹대를 축조하여 천하의 재물을 탕진케 하고, 주지와 육림을 만들어 내관들의 목숨을 앗아갔도다. 심지어는 산 사람의 뼈를 잘라 골수를 살펴보고, 임신부의 배를 갈라 태아를 살펴보게끔 했도다. 이런 지독한 만행은 그 죄가 주살만으로는 용납되지 못하며, 천지의 사람과 귀신들이 모두 함께 분노에 떨고 있도다. 그러하니 너희들의 살은 뜯고 가죽만 남긴다 하더라도 그 죄악을 어찌 다 갚을 수 있겠는가?"

달기가 땅에 엎드린 채로 눈물을 흘리며 애원했다.

"신첩은 기주후 소호蘇護의 여식으로 어려서부터 규방에서 자랐으므로 세상의 일은 잘 알지 못했는데, 잘못 천자의 부르심을 받아 후비로 간택되었습니다. 그런데 뜻밖에 국모께서 돌아가시자 천자께서 첩을 억지로 황후에 봉했습니다. 무릇 모든 일은 천자의 손에서 이루어졌으며 정사 또한 모두 대신들이 처리했습니다. 첩은 다만 한 여인에 불과하여 오로지 청소하고 응대하고 궁궐을 꾸미면서 천자를 받들어 모실 줄만 알았으니, 그 나머지 일을 첩이 어찌 마음대로 할 수 있었겠습니까? 천자가 실정한 것은 비록 천백의 문무백관들도 모두 바로잡지 못했는데, 또한 어찌 구구한 한 여자가 그를 조종할 수 있었겠습니까? 지금 원수님의 덕이 천하에 퍼지고 인자하심이 사방에 넘치고 있습니다. 천자는 머지않아 자결할 것입니다. 첩과 같은 아녀자를 죽인다 한들 원수님께 보탬이 되지는 않을 것입니다. 또한 옛말에 이르길 '죄인을 벌하되 처자식에게까지는 미치지 않는다'고 했나이다. 간절히 바라건대 원수님께서는 크신 자비심으로 첩의 무고함을 불쌍히 여기시고 고국으로 돌아가도록 용납해 주십시오. 그리하여 남은 생애를 끝마칠 수 있게 해주신다면, 그건 진정 천지와 같은 원수님의 어지심이며 다시 살게 해주시는 크나큰 덕이 될 것입니다. 원수님의 통촉을 바라나이다!"

여러 제후들은 달기의 말을 들어보니 일리가 있었으므로 모두 측은해 하는 마음이 들었다. 그러나 자아가 웃으며 말했다.

"너는 스스로 소후의 딸이라 하면서 한바탕 교묘한 말을 늘어놓아 여러 사람을 미혹시키려 하는구나. 그렇지만 제후들은 네가 꼬리 아홉 달린 여우인 구미호리九尾狐狸이며, 은주恩州의 관역에서 진짜 소달기를 홀려죽이고 그 형체를 빌어 천자를 미혹시켰다는 것을 어찌 모르겠느냐? 그 이유도 없는 만행은 모두 네가 저지른 죄악이다. 지금 이미 사로잡혔으니 죽더라도 그 죄를 다 갚기에는 부족한데, 오히려 이런 입에 발린 교묘한 말로 빠져나가기를 바라다니!"

자아가 크게 노하여 좌우에 명했다.

"이것들을 대군영 밖으로 끌고 가서 참수하여 목을 매달아라!"

달기는 마지막 교묘한 말까지 들통 나자 더 이상 할 말이 없었다. 세 요괴는 그저 고개를 숙인 채 처분을 기다릴 뿐이었다. 좌우의 기패관旗牌官이 에워싸서 대군영 밖으로 끌고 나갔으며, 뒤에서 뇌진자·양전·위호가 따라갔다. 세 요괴가 형장으로 끌려가는 것을 보니, 치계정은 머리를 숙인 채 정신이 나가 있었고 비파정은 묵묵히 말이 없었으나 오직 호리정인 달기만은 곧 교태로운 말과 몸짓으로 군사들을 유혹했다.

달기는 밧줄에 묶인 채로 대군영 밖으로 끌려나가 땅바닥에 꿇었다. 그 황홀한 모습은 마치 한 점 티도 없는 미옥美玉덩이 같고, 아름다운 꽃이 말하는 것 같고, 얼굴에는 아침노을이 깔린 듯하고, 입술에는 옥가루를 머금은 듯하고, 푸른 귀밑머리는 구름이 피어나는 듯하고, 교태어린 눈물이 붉은 얼굴에 뚝뚝 떨어지고, 돌아보며 던지는 추파는 무한히 사랑스럽고, 울먹이는 목소리는 진실인 듯 아름다웠다.

이윽고 달기가 칼을 들고 있는 군사에게 말했다.

"신첩은 무고하게 억울함을 당했으니 장수께서 잠시만이라도 형집행을 늦추신다면 7층의 부도浮屠를 세우는 것보다 큰 덕업이 될 것입니다!"

그 군사는 달기의 미모를 보고 이미 매우 측은해 하고 있었는데, 게다가 그녀가 교태 흐르는 목소리로 "장수님, 장수님!" 하고 간드러지게 부르자, 곧 근골이 노곤해지고 입을 떡 벌린 채 바보가 된 듯 멍하니 움직일 수가 없었다. 이윽고 형 집행명령이 내렸다.

"양전은 구두치계정의 참형을 감독하고, 위호는 옥석비파정의 참형을 감독하고, 뇌진자는 구미호리정의 참형을 감독하라."

세 사람은 형 집행명령이 떨어지자 호령했다.

"군사는 칼을 내리쳐라!"

그래도 군사들은 무엇에 홀린 듯 침을 흘리며 세 요괴를 바라보고만 있을 뿐이었다. 이를 어찌 군사들의 잘못이라 할 수 있으리오? 보다 못한 세 장수가 달려들었다. 양전은 치계정을 진압하고 위호는 비파정을 진압한 가운데, 한바탕 함성과 함께 마침내 군사들이 손을 내리쳐 두 요정의 목을 잘랐다.

비파정이 결국 한칼의 재액을 면치 못한 것을 노래한 시가 있다.

지난날 자아를 만났을 때를 돌아보니,
자아가 벼루로 정수리를 치고 비파를 태웠었네.
허나 뉘 알았으리? 세월이 흘러 다시 만난 오늘,
도저히 살아날 길 없어 헛되이 스스로 탄식할 줄을.

군사들이 칼을 내리쳐 이미 치계정과 비파정의 수급을 베자, 양전과 위호는 군막으로 들어가 결과를 보고했다.

자아는 곧 명했다.

"그것들의 목을 대군영 밖에 매달아라."

그러나 뇌진자는 호리정의 참수를 감독했는데, 여러 군사들이 달기에게 미혹당하여 모두 입을 떡 벌리고 눈만 말똥거리면서 손목에 힘이 빠져 칼을 들지 못하고 있었다. 이를 보고 뇌진자가 대노하여 군사들에게 호령했으나 하나같이 모두 이와 같았다.

뇌진자는 어찌하지 못하고 하는 수 없이 중군군막에

통지하여 자아의 결정을 청했다.

뇌진자가 빈손으로 온 것을 보고 자아가 물었다.

"너에게 달기의 참수를 감독하라 했는데 어찌하여 빈손으로 나를 만나러 왔느냐? 혹시 그 여우를 놓친 것은 아닐 테지?"

"제자가 명을 받들어 달기의 참수를 감독했으나, 군사들이 그 여우요괴에게 홀려 모두 입을 벌린 채 정신이 나가 멍하니 움직이지 못할 줄을 누가 생각이나 했겠습니까?"

뇌진자가 대답하자 자아가 노하여 말했다.

"참수 감독 하나 제대로 못하는 너를 어디에다 쓰겠느냐!"

자아가 고래고래 소리치며 물러가라고 하자 뇌진자는 얼굴 가득 부끄러운 기색을 띤 채 한쪽 옆에 서 있었다.

자아가 명했다.

"형을 집행하던 군사들을 잡아와 참수하여 대중에게 보이라."

다시 양전과 위호에게 참형의 감독을 명하자, 두 사람이 명을 받고 다른 군사로 교체하여 다시 대군영 밖으로 갔다. 그러나 그 요부는 이번에도 마찬가지로 새로 온 군사들을 홀려 대번에 넋을 빼 바보처럼 만들어버렸다.

과연 천자를 치마폭에 싸안은 채 노리개처럼 데리고 놀던 위력이 있었다.

달기는 쉴 새 없이 입을 놀려 군사들의 넋을 빼앗았는데, 온몸에서 풍겨 나오는 향기는 자아의 진영을 온통 미혹시킬 만했다.

양전과 위호는 이러한 광경을 보고 서로 상의했다.

"이 요물은 필경 수백 년 묵은 여우로 사람을 홀리는 데 매우 능하오. 그래서 천자도 저것에 미혹당하여 꼼짝없이 빠져들고 말았으니 하물며 이런 어리석은 군사들임에랴! 나와 그대는 빨리 원수께 고하여 저 무고한 군사들을 비명에 죽게 하지 말도록 합시다."

두 사람이 곧장 중군에 이르러 자아에게 사실대로 소상히 고하자, 여러 제후들은 모두 놀라움을 금치 못했다. 자아가 급히 군사들의 참수형을 중지시킨 다음 둘러선 사람들에게 말했다.

"이 요괴는 천 년 묵은 늙은 여우로 일월의 정화를 흡수하고 천지의 영기를 훔쳐 먹었기에 이처럼 사람을 잘 홀리는 것이오. 내가 직접 진영을 나가 그 사악한 요괴를 목 베리라."

자아가 말을 마치고 앞장서자 제후들이 뒤따랐다. 자아가 제후들과 문도제자들을 대동하고 대군영 밖으로 나가니 달기가 형장에 묶여 있었는데, 과연 청초하기까지 하여 아름답기가 마치 옥으로 만든 꽃 같았다. 여러 군사들은 여전히 넋이 빠져 나뭇조각처럼 우두커니 옆에 서 있었다.

자아는 군사들을 물러나게 한 뒤 좌우에게 향안을 가져오라 명하여 향로 안에 분향하고 육압도인이 주고 간 호로병을 향안 위에 놓았다. 그런 뒤 호로병의 뚜껑을 여니 한 줄기 흰빛 광채가 솟구치면서 눈썹과 눈이며 날개와 발이 달린 한 물건이 나타나 백광 위에서 회전했다. 자아가 몸을 숙이며 말했다.

"보물은 몸을 돌려라!"

그 보물이 연이어 두세 바퀴를 돌자 그제야 달기의 머리가 땅바닥에 떨어졌으며 선혈이 땅을 적셨다. 그렇지만 제후들조차 아직도 달기를 측은하게 여기는 자가 있을 정도였다. 훗날 이를 증명하는 시가 있다.

> 달기의 요염함이 사람들의 연민을 일으키니,
> 형 집행하는 군사도 정에 이끌렸다네.
> 복숭아꽃도 그 따스하고 부드러운 자태엔 미치지 못하고,
> 함박꽃이라야 그 빼어난 아름다움에 견줄 만하네.
> 지난날 은주恩州에서 사람의 형체 빌린 것 생각해 보니,
> 내궁에서 모사 꾸미길 잘했음을 알겠구나.

종래로 미인은 결국 어느 곳으로 돌아갔는가?
모두 남가일몽 되어 피 흘리며 잠들었지.

자아는 달기의 수급을 베어 대군영 문에 매달아 만백성으로 하여금 경계하게 했다. 여러 제후들 중에서 감탄하지 않는 자가 없었다.

한편 천자는 현경전에 지친 몸으로 혼자 앉아 있었는데, 좌우의 궁인들이 개미처럼 분분하고 쥐떼처럼 우왕좌왕이었다. 천자가 이를 보고 물었다.

"여봐라! 이렇게 다급해 할 필요 없다. 황성 어느 곳이 무너지기라도 했더란 말이냐?"

옆에 시립해 있던 한 내신이 무릎을 꿇고 울면서 아뢰었다.

"세 마마께서 어젯밤 2경쯤에 어디론가 사라졌기 때문에 여섯 궁에 주인이 없어 이렇게 황망해 하는 것입니다."

천자가 듣고는 내신에게 조속히 조사하라고 명했다.

"어디로 갔단 말인가? 속히 소재를 파악하여 보고하라!"

상시관常侍官이 분부를 듣고 조사하여 잠시 뒤에 보고를 올렸다.

"폐하께 아룁니다. 세 마마의 수급이 이미 서주진영 대군영 문에 매달려 있습니다."

 천자가 크게 놀라 시립해 있던 좌우 환관을 따라 황급히 오봉루五鳳樓에 올라가서 살피니 과연 세 왕비의 머리가 나란히 걸려 있었다. 자신도 모르게 비 오듯 눈물을 흘리던 천자는 시 한 수를 지어 애도했다.

> 옥이 부서지고 향이 사그라지니 정말 가련하구나!
> 구름 같은 귀밑머리 아름다운 얼굴이 높이 매달렸네.
> 기묘한 노래와 춤은 지금 어디에 있는가?
> 비 쏟아지고 구름 뒤집어지듯 결국 헛된 일이로다.
> 봉황베개엔 더 이상 옥 같은 미인과 함께 누울 날이 없고,
> 원앙금침엔 다시는 꽃 같은 미인 끌어안고 잠들 수 없네.
> 아득한 이 정한情恨 끝이 없으니,
> 해지는 푸른 뽕밭만이 또 만 년이로다.

 천자는 시를 읊조리고 나서 스스로 한탄하며 슬픔을 가누지 못했다. 바로 그때 서주진영에서 포성이 울리고 삼군이 함성을 지르면서 일제히 황성을 공격해 왔다. 천자는 이를 보고 대경실색, 대세가 이미 기울어 인력으로는 어찌 해볼 길이 없음을 알고 고개를 가로 저으며 장탄식했다.

 마침내 오봉루를 내려와 적성루에 당도하려 할 때, 갑

자기 한바탕 회오리바람이 땅을 말아올리면서 불어오더니 천자를 덮쳤다. 참으로 간담을 서늘케 하는 괴이한 바람이었다. 그것은 채분蠆盆 속에서 불어오는 것이었다.

웅얼웅얼 슬픈 곡성이 들리면서 머리를 풀어헤치고 발가벗은 수많은 원귀들이 도저히 역겨워 맡을 수 없는 피비린내 악취를 풍기면서 일제히 앞으로 나아와 천자의 옷소매를 부여잡고 소리쳤다.

"내 목숨을 살려내라!"

천자가 혼비백산하여 물러섰다. 그때 또 보니 조계趙啓와 매백梅伯이 맨몸뚱이를 한 채 소리쳤다.

"어리석은 임금아! 너 또한 오늘이 멸망의 날이로다!"

이에 천자가 간신히 두 눈을 부릅떠 양기陽氣를 내뿜으면서 음귀陰鬼들을 물리치자 마침내 그 원귀들은 자취를 감추고 사라졌다. 천자의 온몸에 식은땀이 흘러내렸다.

천자가 소매를 털고 누대의 한 층을 막 올라섰을 때, 또 강 황후가 막아섰는데 서슬 푸른 눈초리가 천자의 가슴을 후볐다.

"무도한 혼군昏君! 아내와 자식을 살육하여 인륜을 멸절시키더니 오늘 마침내 사직까지 망하게 되었으니 장차 무슨 면목으로 황천에서 선왕을 뵈려 하느냐!"

강 황후가 천자를 붙잡고 놓아주지 않고 있을 때, 또

온몸이 피로 물든 채 황 마마가 나타나 분노에 떨며 요대를 움켜잡고 소리쳤다.

"어리석은 임금이여! 누대 아래로 내동댕이쳐 가루가 되어 죽었으니 내가 이 원한을 어찌 참으리! 잔인하고 무정한 임금이여! 오늘 죄악이 차고 넘쳤으니 천지신명께서 반드시 네놈을 구천으로 보내실 것이니라!"

천자가 두 원귀에게 붙잡혀 정신을 못 차리고 있을 때, 또 가賈 부인이 나타나 크게 욕했다.

"어리석은 임금, 수신受辛 이놈! 국존인 네놈은 어찌하여 신하의 아내를 능욕하려 했더란 말이냐? 내가 정절을 지키고자 누대에서 떨어져 죽었으니 이 사무친 원한을 어찌 잊겠느냐! 오늘에야 비로소 나의 원한을 씻을 수 있게 되었으니 황천의 도우심이로다."

그러면서 천자의 뺨을 후려갈기려 했다.

천자가 이에 두 눈을 부릅뜨고 정신을 가다듬어 세 원귀를 쏘아보니, 그 원귀들이 어찌 감히 접근할 수 있었겠는가! 모두들 자취를 감추고 사라졌다.

얼이 빠져 적성루를 내려온 천자는 불안한 심사로 부들부들 떨면서 아홉 구비 난간에 기대어 물었다.

"봉궁관封宮官은 어디 있느냐?"

봉궁관 주승朱昇이 천자의 부름을 듣고 황망히 적성

루 난간에 엎드려 아뢰었다.

"폐하! 소신 대령해 있습니다."

"짐은 군신들의 충간을 듣지 않고 간사한 참언에 미혹되어 마침내 병란의 화가 닥쳤으되 해결할 수가 없으니 배꼽을 씹으며 후회한들 무엇하랴. 짐이 생각건대 천자의 존귀한 몸으로 성이 함락당하여 사로잡히기라도 한다면 그 치욕을 어찌 감당하겠는가!"

천자의 눈에는 체념의 빛이 어려 있었다.

"짐이 자결하고자 하나 이 몸이 시체 되어 인간세상에 남는다면 사람들의 분노가 극에 달해 있으니 갈래갈래 찢기기 십상이로다. 차라리 분신하여 스스로 없애버림으로써 남의 입에 오르내리는 일이 없도록 하는 것이 낫겠다. 그대는 장작을 가져와 이 누대 아래에 쌓아라. 짐은 마땅히 이 누대와 함께 불에 타죽을 것이니라. 그대는 짐의 명에 따르라."

주승이 듣고 온 얼굴에 눈물을 흘리며 아뢰었다.

"소신은 폐하의 과분한 은총을 받은 지 여러 해이니 분골쇄신하더라도 어찌 다 갚으오리까? 불행히도 황천皇天께서 우리 은나라를 돌보지 않으시어 멸망이 경각에 달렸는데도 소신은 죽음으로써 보국할 수 없음을 한스러워 하고 있사온데, 어찌 감히 장작불로 폐하를 태울 수 있으리까!"

 말을 마치고 목이 메어 더 이상 소리 내지 못했다. 천자가 말했다.

 "이것은 하늘이 나를 버린 것이지 그대의 죄가 아니니라. 그대가 짐의 명령을 따르지 않음은 도리어 황명에 거역하는 죄를 짓게 되느니라. 옛날에 짐이 일찍이 비중費仲과 우혼尤渾에게 명하여 희창姬昌에게 운명을 점쳐보라 했더니 짐에게 스스로 불태워 죽을 재액이 있을 것이라고 했느니라. 오늘이 바로 하늘이 정한 날이니 사람이 어찌 피할 수 있겠는가? 마땅히 짐의 말에 따라야 할 것이니라!"

 주승이 재삼 통곡하면서 천자를 말리며 아뢰었다.

 "잠시 마음을 다잡아 잡수시고 다른 방도를 찾아 이 환난을 풀도록 하소서."

 천자가 노하여 말했다.

 "화급하고 화급하도다. 짐의 운명은 이미 끝났도다. 만일 제후들이 오문을 격파하고 내정으로 쳐들어와 짐이 그들에게 사로잡힌다면 그대의 죄는 태산보다 더 무거울 것이니라!"

 주승은 하는 수 없이 통곡하며 누대를 내려와 장작을 가져다 누대 아래에 쌓았다. 천자는 주승이 누대를 내려

가는 것을 보고 스스로 곤룡포와 면류관을 차려입고 손에는 벽규패碧圭佩를 들고 온몸에 주옥을 늘어뜨린 채 누대 한 가운데에 단정히 앉았다.

주승은 장작을 다 쌓아놓고 눈물을 훔치며 절을 올리고 난 뒤에 바야흐로 횃불을 들고 방성대곡했다. 주승이 횃불을 들어 누대 아래의 마른 장작에 불을 붙이자, 거센 바람을 타고 맹렬한 화염과 연기가 하늘까지 치솟았다. 여섯 궁의 궁인들이 비명을 질렀다.

삽시간에 천지가 어두워지고 우주가 무너지는 듯했으며 귀신의 호곡소리와 함께 제왕의 체위도 사라졌다. 주승은 적성루의 맹렬한 불길을 보며 옷을 걷어올리고 통곡 속에 소리쳤다.

"폐하! 미천한 소신은 죽음으로써 폐하께 보답하겠나이다!"

말을 마치고는 불길 속에 몸을 던졌다. 가련하도다! 주승의 충렬이여! 말단 신하의 몸이었지만 죽음으로써 절개를 지킬 줄 알았던 것이다.

천자는 누대의 3층에 있으면서 누대 아래에서 치솟은 불길이 하늘까지 닿는 것을 보고 자기도 모르게 가슴을 쓸면서 길게 탄식했다.

"충간을 듣지 않다가 오늘 스스로 분신하게 되었으

니 죽어도 전혀 아까울 건 없지만 다만 무슨 면목으로 황천에서 선왕을 뵌단 말인가!"

불길은 바람의 위세를 타고 바람은 불길의 기세를 타고서 삽시간에 사방이 붉게 물들고 연기가 하늘을 가렸다. 훗날 이 광경을 읊은 시가 남아 있다.

> 자욱한 연기 구름 속으로 말아 올라가고,
> 거센 불빛 번쩍이며 하늘에 날리네.
> 토해낸 화염 구름 따라 솟구치고,
> 맹렬한 바람 소나기처럼 세차게 부네.
> 수만 수천의 횃불이 타오르는 듯,
> 마구 치솟아 걷잡을 수 없네.
> 순식간에 만물이 재로 변하니,
> 하늘까지 닿은 기둥인들 무슨 소용 있으랴?
> 삽시간에 천 리가 붉은 먼지로 변하니,
> 시커먼 구름 몰려와 소낙비 퍼부은들 무슨 소용 있으랴?
> 오행五行 중에서 가장 무정한 화火이며,
> 이기二氣 중에서 가장 강성한 화火로다.
> 화려하게 조각하여 세운 기둥들,
> 얼마나 많은 공력 들었는지 헤아릴 수 없으나,
> 이 재난 만나 모조리 잿더미 되고 말았네.
> 깎고 다듬은 구슬난간과 옥계단,
> 얼마나 많은 돈이 들었는지 헤아릴 수 없지만,

이 재난 만나 모두 무너져 내렸네.
적성루 아래에서 타오른 불길,
육궁六宮 삼전三殿까지 번져 기둥 쓰러지고 담장 무너지네.
순식간에 천자의 목숨이 끊어지니,
팔비八妃 구빈九嬪들까지도 모두 불타 죽었네.
무고한 궁녀들도 재앙을 당하고,
죄악 저지른 내신內臣들도 모두 겁란을 당했네.
이 어리석은 주紂 천자야,
티끌세상 벗어던지고,
바다 건너온 공물과,
비단 옷과 맛있는 음식과,
금기와로 단장한 사직과,
비단 수놓은 듯한 강산일랑 말하지 말라.
모두 도도한 홍수가 되어 동쪽으로 휩쓸려가 버렸으니.
욕심의 바다에서 벗어나고,
눈썹화장 곱게 한 아미蛾眉와,
부드럽고 따스한 향옥香玉과,
비취소매의 은근한 내음과,
맑은 노래 부르는 하얀 치아일랑 떠벌이지 말라.
모두 눈앞에서 영원히 사라져 꿈속의 일이 되었으니.
바로 예전에 타다 남은 불씨가 살아나 맹위를 떨치듯,
지난날 지은 죄업을 스스로 받을 것이라네.
성탕의 왕업은 날리는 재로 변했고,

주왕실의 강산은 바야흐로 흥성한다네.

이때 자아는 중군에서 한참 제후들과 황성공격에 관해 의논하고 있었는데 갑자기 좌우에서 보고했다.

"적성루에서 불이 났습니다."

자아가 황급히 여러 장수들을 데리고 대왕·동백후·북백후 등 천하의 제후들과 함께 일제히 말에 올라 대군영을 나서서 불길을 보았다.

주무왕이 말 위에서 보니 자욱한 연기 속에 한 사람이 번쩍이는 황금색 곤룡포를 입고 면류관을 쓰고 벽옥규를 두 손으로 받쳐 든 채 단정히 앉아 있었는데 희미하여 잘 보이지 않았다.

대왕이 좌우에게 물었다.

"저 연기 속에 계신 분이 주紂 천자가 아니신가?"

제후들이 대답했다.

"저 사람은 바로 무도한 혼군인가 합니다. 오늘 이리 된 것은 이른바 자업자득입니다."

주무왕은 그 말을 듣더니 얼굴을 가린 채 차마 더 이상 보지 못하고 말을 돌려 진영으로 돌아갔다. 그러자 자아가 황급히 나아가 아뢰었다.

"대왕께서는 어찌하여 얼굴을 가린 채 돌아가십니까?"

"비록 무도하여 천지신명께 죄를 짓고 오늘 스스로 분신하여 업보를 받는다고는 하지만, 우리는 모두 신하로서 일찍이 그를 받들어 섬겼으니, 어찌 차마 눈뜨고 그의 죽음을 보면서 군왕의 죄를 다그칠 수 있단 말입니까? 차라리 진영으로 돌아가는 것이 낫겠습니다."

"천자는 죄악을 저질러 생민을 잔악하게 해쳤으므로 하늘이 노하시고 백성이 원망하니, 설령 태백성太白星에 깃발을 꽂는다 하더라도 이보다 지나치지는 않을 것입니다. 오늘 천자가 스스로 불타 죽는 것은 그 죄로 보아 마땅한 것입니다. 다만 참지 못하시는 것은 대왕의 인자하심과 충절이 지극하시기 때문입니다. 한 말씀 더 아뢰자면, 옛날에 성탕께서 지극히 어지신 마음으로 걸왕을 남소南巢땅에 방축하여 백성을 도탄에서 구하셨는데, 천하 사람들이 한 번도 이것을 흠잡지 않았습니다. 지금 대왕께서 천하제후들을 회합하여 하늘의 정벌을 삼가 받들어 백성을 위로하고 죄인을 벌하시는 것은 실로 성탕보다 더 빛나는 일입니다. 대왕께서는 개의치 마소서."

자아가 이렇게 말했으나 주무왕의 마음을 돌리기에는 어려웠다. 대왕은 눈물을 하염없이 흘리며 여러 제후들과 함께 진영으로 돌아갔다.

자아는 여러 장수와 문도들을 이끌고 불길을 헤치고

진격하여 곧바로 성을 차지했다. 불길은 더욱 거세게 타올라 누대 꼭대기까지 말아 올라갔고 누대 아래의 기둥들이 불에 타 쓰러지면서 굉음을 냈다. 마침내 적성루가 무너져 내리니 마치 하늘이 무너지고 땅이 꺼지는 형상이었다. 천자는 불길 속에 휩싸여 삽시간에 잿더미가 되었다.

한 영혼이 곧 봉신대로 갔다. 이를 탄식한 시가 있다.

남소 땅에 걸왕을 방축하던 옛 일을 뒤돌아보니,
심후한 어진 은택이 바탕에 자리잡았기 때문이었네.
은수殷受가 이처럼 잔혹한 줄을 뉘 알았으리?
맹렬한 화염에 몸이 불탔으니 후회해도 이미 늦었네.

또한 사관이 천자의 실정을 읊은 시가 있다.

여와궁에 기우제 지내러 가서,
문득 구름을 몰아다 비를 내리게 했네.
그러나 연정의 글귀 쓰인 대련對聯 때문에,
그토록 무도하게 될 줄 어찌 알았겠는가?
아녀자의 말만 듣고 노대신들을 잔인하게 죽였고,
충직한 간언을 듣지 않고 멋대로 방탕하게 굴었네.
포락형으로 억울하게 죽은 원혼들 수없이 많으니,

고래로 잔악함은 그대만이 깊도다.

또한 문무를 겸비한 은주왕을 탄식한 시가 있다.

호랑이 때려잡는 웅위雄威 더욱 날쌔고,
천 근도 번쩍 드는 그 기력 군신 중의 으뜸이로다.
대들보 떠받치고 기둥 갈아세우는 괴력 고금에 우뚝하고,
맨손으로 날짐승 후려치는 날쌘 솜씨 독수리를 뛰어넘네.
충간은 물리쳤으나 그 재주 세상에 우뚝하고,
도를 왜곡하고 잘못을 변명했으나 그 지혜 풍부했네.
다만 세 요괴에게 홀려 진성眞性을 잃었기에,
누대 앞에서 육신이 타 죽었다네.

여러 제후들은 모두 오문 밖에 주둔하고 있었다. 잠시 뒤에 오문이 열리자 여러 궁인들이 시위장군과 함께 나오고 시위군졸들이 물과 꽃을 바치고 분향배례하면서 대왕의 수레를 맞이했다. 아울러 제후들도 함께 구간전으로 들었다.
자아가 황급히 명을 내렸다.
"속히 궁중의 불을 끄도록 하라!"

周武王鹿臺散財

주무왕이 녹대에서 재물을 나눠주다

여러 제후들이 모두 구간전에 오르자, 붉은 섬돌 아래로 대소 장수들이 가지런히 줄지어 양편에 섰다. 자아가 명을 내렸다.

"군사들은 우선 궁 안의 불을 끄도록 하라!"

대왕이 자아에게 말했다.

"천자가 무도하여 잔인하게 생명을 해쳤는데, 6궁이 바로 가까이 있어 그 궁인과 환관들의 피해가 더욱 처참할 것입니다. 지금 군사들이 불을 끄다가 잘못 무고한 사람들을 해칠까 걱정입니다. 상보께서는 마땅히 먼저 엄한 금령을 내려 다시는 그러한 화가 일어나지 않도록 하십시오."

자아가 말을 듣고 황급히 명을 내렸다.

"여러 군사들은 오로지 불만 끌 것이며 함부로 포학한 짓을 하지 말라. 감히 명을 어기고 6궁 안의 어느 한 물건이라도 망령되이 훔치거나 어느 한 사람이라도 무고하게 죽이는 자가 있다면 가차없이 즉시 목을 베어 대중에게 효시하리라! 이 말을 잘 새겨 명심하라!"

명이 떨어지자 여러 궁인·환관·시위대·군관 등이 일제히 "만세!" 하고 환호성을 질렀다. 대왕은 구간전에 앉아 여러 제후들과 함께 군사들이 불 끄는 것을 지켜보았다.

대왕이 갑자기 고개를 들어 바라보니 대전 동쪽에 싯누런 20여 개의 커다란 구리기둥이 한쪽에 늘어서 있었다. 대왕이 의아하게 생각하여 물었다.

"저 구리기둥은 무슨 물건이오?"

"저 구리기둥이 바로 천자가 만든 포락炮烙이라는 형구입니다."

자아가 대답하자 대왕이 혀를 차며 말했다.

"굉장하도다! 형벌에 임하는 자가 참담해 할 것은 물론이고 지금 짐이 보아도 나도 모르게 간담이 서늘해지니 천자는 진정 잔인함이 심했도다!"

자아는 그제야 대왕의 마음이 굳어진 것을 보고 속으로 기뻐했다.

자아가 대왕을 모시고 후궁으로 들어가 적성루 아래에 이르러 채분 속을 들여다보았다. 뱀과 전갈이 꿈틀대고 백골이 허옇게 드러나고 해골들이 어지럽게 나뒹굴고 있었다. 또 둘러보니 주지(酒池)에서는 음산한 바람이 스산하게 불고, 육림(肉林) 아래에서는 싸늘한 기운이 처연히 감돌았다.

대왕이 물었다.

"이것은 또 무엇이오?"

"이것은 천자가 만든 채분으로 궁인들을 발가벗겨 산 채로 집어넣어 뱀의 먹이가 되게 하여 죽이는 것이며, 좌우에 있는 것은 주지와 육림입니다."

"처참하도다! 천자의 행악이 어찌 이 지경에까지 이르렀단 말인가!"

대왕은 혀를 내두르며 상심을 이기지 못하고 시를 지었다.

성탕은 어지신 덕으로 명성을 드날리어,
남소땅에 걸왕을 방축하여 윤강을 크게 바로잡았네.

6백 년 만에 그 덕풍 쇠미해져서,
이러한 참혹함으로 인해 강토를 잃을 줄 뉘 알았으리!

이어 대왕이 적성루를 둘러보니 불길이 아직 남아 있고 연기가 가시지 않은 채 불꽃이 널름대며 타고 있었다. 또한 이 재난을 당한 무고한 궁인들의 시체가 아직 다 타고 있어서 악취가 코를 찔렀다.

대왕은 더 이상 참을 수가 없어서 급히 군사들에게 분부했다.

"빨리 저 유해들을 추려내어 매장하고 드러나지 않게 하라."

이어 자아에게 말했다.

"천자의 신체가 어디에서 불탔는지 모르겠소. 마땅히 따로 거두어 예로써 안장해야 하며 결코 천지간에 드러나게 해서는 안되오. 상보와 나는 그의 신하였으니 어찌 마음이 편하겠소?"

"천자의 무도함에 인신이 함께 분노했으니, 오늘 스스로 불타 죽은 것은 실로 죗값을 받은 것입니다. 하온데도 지금 예로써 안장하라 하시니 진실로 어지신 대왕이십니다."

자아가 군사들에게 분부했다.

"유해를 거두되 절대로 뒤섞지 말게 하고, 천자의 시신을 반드시 찾아내고 수의와 관곽을 마련하여 천자의 예로써 장례를 치르라."

성탕의 왕업이 이렇게 끝나버린 것을 탄식한 후인의 시가 있다.

하늘이 성탕의 왕업을 버리셨으니,
싸움 나선 병사들 모두 창을 거꾸로 들었네.
들녘에 쌓인 시체 산을 이루고
핏물이 강물 되어 절굿공이가 뜨네.
번거롭고 가혹한 악법 모두 없애니,
바야흐로 시우時雨를 가송하도다.
태평성대가 오늘에야 정착되니,
편안히 잠자리에 들어 천상의 평화를 즐기네.

여러 제후들은 대왕과 함께 녹대로 갔다. 녹대에 오르니 누각이 구름 끝까지 솟아 있고 누대가 하늘을 스치고 있었다. 또한 층층마다 솟아 있는 전각이 높다랗고 조각한 난간은 옥으로 꾸미고 기둥들은 금으로 장식되어 있었다.

또 둘러보니 명주이보明珠異寶와 산호옥수珊瑚玉樹로 궁실을 화려하게 상감 장식했고 전각을 수놓듯이 치장했다.

일시에 만 갈래 노을빛이 피어나고 천 갈래 상서로운 광채가 빛났다. 진정 눈이 현란하고 마음이 산란하여 정신이 아득히 날아가는 듯했다.

대왕이 이를 보고 고개를 끄덕이며 탄식했다.

"천자가 이토록 사치스럽게 천하의 재화를 다 모아 스스로의 욕망을 채웠으니, 어찌 몸이 죽고 나라가 망하지 않을 수 있겠는가!"

자아가 말했다.

"고금에 멸망한 자는 일찍이 사치함에서 비롯되지 않은 적이 없었습니다. 그러므로 성왕들께서 재삼재사 경계를 드리우서서 '덕으로 자기를 귀하게 해야지 주옥으로 하지는 말라'고 하신 것은 진실로 이 때문입니다."

"그 동안 천하의 제후들과 일반백성들은 천자의 혹독한 화와 악독한 고통과 부역과 세금에 시달리고 날마다 도탄에 빠져 좌불안석하면서 두 발을 모으고 두려움에 떨었습니다. 이제 천자가 이미 죽었으니 녹대에 쌓여 있는 재화를 제후들과 백성에게 나눠주고 거교鉅橋에 모아놓은 곡식으로 굶주린 백성들을 구제하여 만민을 소생케 함으로써, 하루라도 편안한 복을 누릴 수 있게 하는 것이 좋겠습니다."

"대왕의 훌륭하신 배려는 사직과 만백성의 복입니다.

조속히 시행하심이 마땅합니다."

대왕이 좌우에 명하여 재화와 곡식을 꺼내오게 했다.

한편 후궁에서 군사들이 천자의 아들 무경武庚을 잡아 데리고 오자 자아가 명했다.

"끌고 오라!"

제후들이 모두 이를 갈았다.

잠시 뒤 장수들이 무경을 끌고 대전 앞에 이르러 무릎을 꿇렸다. 제후들이 일제히 말했다.

"무도한 천자의 죄악이 차고 넘쳐서 인신人神이 모두 분노하고 있으니, 오늘 마땅히 그 아들을 참수하여 죄를 바로잡음으로써 천지의 한을 씻어야 할 것입니다."

자아가 말했다.

"여러 제후들의 말씀이 심히 옳습니다."

그러나 대왕이 급히 말리며 말했다.

"아니됩니다! 천자가 비록 방탕무도했던 것은 모두 간신배들과 요부가 그 마음을 미혹시켰기 때문이니 무경과 무슨 상관이 있겠습니까? 또한 천자가 대신들을 포락형에 처하여 죽일 때에도 비록 비간과 미자 같은 현신이 있었지만 모두 임금을 바로잡을 수 없었는데, 하물며 어린 자식이 어찌할 수 있었겠습니까? 지금 천자가 이미 죽고 없는데 그 아들과 무슨 원수가 되겠습니까? 또한 '죄인을 벌하되 처자에게까지는 미치지 않는다'고 하는 것은 본래 생명을 아끼시는 상천上天의 덕이시니, 나는 여러 대왕들과 함께 그 뜻을 실현코자 합니다. 결코 억울한 살육을 행해서는 아니됩니다. 새로운 군왕이 제위를 잇게 되면 그에게 봉토를 주어 은나라의 제사를 모시게 하는 것이 바로 은나라의 선왕들께 보답하는 길입니다."

그러자 동백후 강문환이 나서서 말했다.

"원수께 아룁니다. 지금 대사가 모두 결정되었으니 마땅히 새로운 군주를 세워 천하제후와 사민士民들의 마음을 안정시켜야 할 것입니다. 또한 하늘에 태양이 없어서는 안되듯이 나라에는 임금이 없어서는 안됩니다. 천명에는 도가 있어서 지극히 어진 사람에게 돌아가는데, 지금 주나라 무왕의 어진 덕이 4해에 드러나 천하가 마음을 정하고 있으니, 마땅히 대위大位를 바르게 하여 천하의 민심을 안정시켜야 합니다. 또한 우리 제후들이 5관으로 들어와 대왕을 도와 무도한 은천자를 정벌한 것은 바로 오늘의 대사를 이루기 위함이었습니다. 바라건대 원수께서는 일익을 담당하시어 지체하지 마시고 여러 사람의 마음을 흡족하게 하십시오."

여러 제후들이 일제히 말했다

"장 군후의 말씀이 타당하니 바로 여러 사람들의 뜻과 일치합니다."

자아가 미처 대답하기도 전에 주무왕이 황망히 사양하며 말했다.

"나는 지위가 낮고 덕이 부족하며 명예도 훌륭하지 못하여 날마다 오로지 전전긍긍하면서 선왕의 대업을 잇기에도 겨를이 없는데 어찌 감히 천위(저位)를 바라겠소! 또한 천자의 지위란 어려운 것이므로 오직 어질고 덕이 많은 자만이 거하는 것이니, 바라건대 여러 현후께서는 함께 마땅한 유덕한 자를 선택하여 대위를 잇게 함으로써, 그 직분에 누를 끼치지 말고 천하에 부끄러움을 남기지 않도록 하십시다. 나는 상보와 함께 조속히 고향땅으로 돌아가 신하의 절개를 지키고자 할 따름입니다."

옆에 있던 동백후가 목청을 높여 큰소리로 말했다.

"대왕의 말씀은 틀리셨습니다. 천하에 대왕만큼 지극한 덕을 지닌 자가 누구이겠습니까! 지금 천하가 주나라로 귀속한 지가 어제오늘의 일이 아니며 또한 백성들이 대그릇 밥과 술로 대왕의 군대를 맞이하니 어찌 다른 사람이 있겠습니까? 대왕께서는 도탄에 빠진 백성을 능히 구할 수 있으며, 또한 천하의 제후들이 그 덕을 흠모하여 구름같이 모여 대왕을 따라 무도한 폭군을 정벌했으니,

진심으로 추대하고자 하는 마음이 본래부터 있었던 것입니다. 이러한데도 대왕께서는 어찌 한사코 사양만 하십니까? 바라건대 대왕께서는 여러 사람의 중론을 굽어 살펴 실망케 하지 마소서."

"나에게 무슨 덕이 있다고 이러시오? 현후께서는 이런 논의를 고집하지 마시고 마땅히 다시 여러 사람들에게 두루 물은 뒤에 적임자를 뽑아야만 천하의 민심을 복종시킬 수 있을 것이오."

강문환은 물러서지 않으며 거듭 아뢰었다.

"옛날에 요임금은 지극한 덕으로 능히 상제님을 도와 제위를 받으셨는데, 아들 단주丹朱가 불초하여 요임금이 제위를 물려줄 사람을 구하자 신하들이 순을 천거했습니다. 순은 중화重華의 덕으로 요임금을 계승하여 천하를 소유했는데, 순임금의 아들 상균商均 역시 불초하여 순임금은 천하를 들어 우에게 선양했습니다. 우임금은 계啓라고 하는 현명한 아들을 낳아 하나라를 능히 계승할 수 있었기 때문에 제위를 전하여 17세까지 이르렀습니다. 그러나 걸왕에 이르러 무도하게 하나라의 정치를 잘못했기에, 성탕이 지극한 덕으로 걸왕을 남소땅에 방축하고서 하나라를 대신하여 천하를 소유했습니다. 그 뒤 26세까지 전하여 천자 수에 이르렀는데, 그는 방탕무도하여 죄악이 차고 넘쳤습니다. 그래서 대왕께서 지극한 덕으로 제후들과 함께 하늘의 토벌을 삼가 받들어 행하시어 지금 대사가 이미 정해졌으니, 대보위를 계승할 수 있는 사람은 대왕이 아니면 누구이겠습니까? 그런데도 대왕께서는 어찌하여 구구히 사양만 하십니까!"

"내가 어찌 감히 우임금과 탕임금의 현철하심에 비할 수 있겠습니까?"

"대왕께서는 창칼을 들지도 않고 인의로써 천하를 이끄시어 그 교화로 풍속이 아름다워졌으므로 천하를 3분하여 그 둘을 소유하시게 된 것입니다. 그래서 봉황이 기산에서 울고 만민이 즐거이 생업에 종사하고 있으니, 하늘과 사람이 상응함에는 그 이치를 속일 수가 없습니다. 대왕의 덕정이 우와 탕 두 임금에 비하여 어찌 손색이 있겠습니까!"

"강 군후께서는 평소에 재주와 덕성을 겸비하고 있으니 마땅히 천하의 주인이 될 수 있을 것이오."

이렇게 주무왕과 강문환이 서로 고집을 부리고 있을 때, 문득 양쪽에서 여러 제후들이 일제히 앞으로 나와 소리쳤다.

"천하의 민심이 대왕께 돌아간 지가 하루이틀의 일이 아닌데, 대왕께서는 어찌하여 이렇게 극구 사양만 하십니까? 계속 이러시면 여러 사람의 마음을 크게 거스르는 것이 됩니다. 또한 우리들이 이곳에서 회맹한 것이 어찌 하루아침 하루저녁의 노력이겠습니까? 모두 다 대왕을 천자로 모셔 다시 태평세월을 보고자 한 것이었습니다. 지금 대왕께서 이를 물리치고 거하지 않으시면, 천하제후들이 뿔뿔이 흩어져 이로 인해 난이 생길 것이니, 이는 결국 천하에 태평할 날이 없게 만드는 일입니다."

자아가 황급히 앞으로 나가 이들을 제지하며 말했다.

"여러 현후들께서는 이러실 필요가 없습니다. 저에게 명분이 바르고 순리에 맞는 방법이 있습니다."

자아가 대왕에게 말했다.

"천자가 천하에 화란을 일으킴에 대왕께서 제후들을 이끌고 그 죄를 바로잡으셨는데, 천하에 열복하지 않는 이가 없으니 대왕께서는 예의상 마땅히 대위에 오르시어 천하에 위엄을 보이셔야 합니다. 또한 기산에서 봉황이 울었을 때 상서로움이 서주 땅에 발현한 것은 바로 상천께서 응낙하신 조짐이지 어찌 우연이겠나이까? 또한 천하사람들이 진심으로 기뻐하며 주나라로 귀속한 것은 바로 천인이 상응함이니 때를 그르쳐서는 아니됩니다. 대왕께서 지금 사양하시다 제후들이 마음을 돌리고 각자 흩어져 귀국하면 통솔하지 못할까 걱정입니다. 각자 자기 땅에 할거하여 때마다 화란이 생긴다면 이는 대왕께서 조민벌죄弔民伐罪하신 뜻에 어긋나며, 깊이 백성을 실망시킨다면 이는 백성을 사랑하시는 것이 아니라 도리어 해치는 것이 됩니다. 대왕께서는 이 점을 깊이 통찰하소서!"

주무왕이 말했다.

"백성들을 진실로 사랑하긴 하지만 나의 덕이 부족하여 이 임무를 감당치 못함으로써 선왕께 부끄러움을 끼치게 될까 걱정일 뿐이오."

동백후 강문환이 말했다.

"대왕께서는 원수께 방도가 있다 하오니 더 이상 겸양치 마소서."

이어 자아에게 말했다.

"원수께서는 속히 시행하십시오. 지체하다간 민심이 흩어질까 두렵습니다."

자아가 황급히 명을 전했다.

"설계를 맞힌 다음 제단을 축조한 뒤에 축문을 작성하여 천지사직께 밝히 고하라. 나중에 대현인이 나타나면 대왕께서 그때 가서 다시 양위하더라도 늦지 않을 것이니라."

여러 제후들은 이미 자아의 의도를 알아차리고 곧장 응답했다. 시립해 있던 주공 단周公旦이 가서 제단을 축조했다.

주공 단이 설계도를 그리고 천지단天地壇 앞에 대 하나를 축조했는데, 대의 높이는 3층이었으며 천·지·인 삼재三才와 팔괘의 형상에 따라 배열했다. 한가운데에는 황천후토지위皇天后土之位를 모시고, 옆에는 산천사직지신山川社稷之神을 모셨으며, 좌우에는 12원신元神의 깃발을 자·축·인·묘·진·사·오·미·신·유·술·해의 위치에 따라 세우고, 앞뒤에는 10간干의 깃발을 갑·을·병·정·무·기·경·신·임·계의 자리에 맞춰 세웠다.

또한 제단 정면에는 사계정신방위四季正神方位를 모셨는데, 춘일 태호太昊, 하일 염제炎帝, 추일 소호少昊, 동일 전욱顓頊과 한가운데가 황제 헌원軒轅이었다. 또한 제단 위에 변邊·두豆·보簠·궤簋·금작金爵·옥가玉斝 등의 제기祭器를 진열하고, 아울러 건초와 구운 육포를 자리에 늘어놓았으며, 선鮮·장醬·어魚·육肉을 탁자 위에 마련하는 등 모든 준비를 다 갖추었다.

보정寶鼎에 향을 사르고 금화병에 꽃을 꽂고서 자아가 마침내 주무왕에게 단으로 오르기를 청했다. 대왕은 재삼 겸양하다가 결국 단에 올랐다. 8백 제후가 일제히 양 옆으로 늘어서자 주공 단이 축문을 높이 받들고 대에 올라 펼쳐 읽었다.

대주大周 원년 임진 갑자일 새벽에 서백후 서기 무왕 희발姬發이 감히 황천후토의 천지신명께 밝히 고하나이다.

 오호라! 하늘이 백성을 사랑하심에 천자가 하늘을 받드나이다. 은수殷受는 상천을 돕지 못하여 스스로 목숨을 끊었나이다. 신 발發은 조종의 대대로 닦아온 어지심과 열성列聖의 서로 이어온 덕을 계승했으니 소자가 어찌 감히 그 뜻을 어기리까? 삼가 천명을 받들어 저 은수의 죄를 은나라에서 크게 바로잡았나이다. 오로지 천지신명께서 그 공훈을 이루어주셨기에 이에 천명을 삼가 받게 되었나이다. 소자는 밤낮으로 삼가고 두려운 마음으로 전대의 공렬功烈을 실추할까 걱정하면서 삼가 몸을 닦느라 겨를이 없습니다. 한사코 제후·군민軍民·기로耆老 등이 재삼 소청하니 중지는 진실로 어기기가 어렵나이다. 삼가 군중의 의견을 따라 이에 옛 전법을 살피고 길일을 택하여 삼가 천지신명과 종묘와 사직 및 나의 선친 문왕께 고하오니, 오늘 전책典冊과 보물을 받고 대위를 잇나이다. 우러러 중외의 태평스런 가송歌頌과 천인天人이 상응하는 상서로운 축복과 일월의 밝게 비추심을 받아 황천의 영구하신 명을 가슴에 품나이다. 바라옵건대 나에게 유신維新의 복을 내리시사 영원히 바뀌지 않게 하옵시며, 억조인민의 추대하는 정을 위로하시고 대대로 끝없는 왕업의 실마리를 드리워주옵소서. 부디 들어주옵소서!

 상향尙饗.

주공 단이 축문을 다 읽고 사르면서 천지신명께 고하기를 마쳤다. 향 연기가 공중에 자욱이 덮이고 상서로운 안개가 땅에 가득 퍼졌다. 날씨 또한 하늘이 청명하고 혜풍惠風과 경운慶雲이 일어났으니, 진정 그 창성한 운세와 태평스런 경물이 크게 달라보였다. 조가의 백성들이 빽빽이 몰려나와 온 땅에서 환호했다.

주무왕은 전책과 보물을 받고 천자의 자리에 올라 남면하고 두 손을 모은 채 단정히 앉았다. 음악이 세 번 울리자 제후들이 홀笏을 꺼내들고 "만세!"를 불렀다.

배알의 예를 마치고 나서 주천자는 어지를 내려 천하에 대사면을 행했다. 사람들이 천자를 에워싸고 단을 내려와 대전에 이르러 새롭게 배알의 예를 마치자, 천자는 구룡석을 깔고 8백 제후에게 대연회를 베풀라고 어지를 내리고서 군신이 함께 즐겼다.

사람들은 술이 몇 순배 돌자 모두 기쁨에 넘쳤다. 백관은 이미 몹시 취했다고 느껴 각자 성은에 감사드리고 대궐을 나와 흩어졌다.

천자가 한 벌의 갑옷으로 천하를 소유하고 군신이 화락한 것을 보고 읊은 후인의 시가 있다.

단상의 향풍香風이 성왕聖王을 에워싸니,

군민이 경축하며 예상우의무霓裳羽衣舞를 추네.
강산은 의구하니 산천에 드리는 제사를 받들고
사직이 다시 새로워지니 갑옷 벗은 장수 즐겁구나.
금궐金闕의 새벽녘엔 선장仙掌이 움직이고
옥계玉階엔 때때로 패옥소리 분주히 들리네.
화평하고 태평스런 맑고 밝은 세상,
만백성들 끝없이 경축을 구가하네.

'선장仙掌'은 선인仙人이 손으로 받쳐 든 모양으로 만들어 감로甘露를 받는 기물이다.

다음날 천자는 조회를 열어 여러 제후들의 알현을 끝내고 자아에게 말했다.

"짐은 여러 제후들의 추대를 받아 임금이 되었으니, 이제 녹대의 재화를 천하의 제후에게 나눠주고 각 왕들에게 예전대로 비용을 하사하겠소. 작록은 다섯으로 나누고 국토는 셋으로 나누시오. 관리를 임명할 때는 현명함에 따르고 일을 맡길 때는 능력에 따를 것이며, 백성들에게 오륜五倫의 가르침을 베풀고 특히 식食·상喪·제祭를 중히 하고 신의를 돈독히 하고 공덕을 숭상하시오. 제후들에게 명하여 각자 군대를 이끌고 고국으로 돌아가 맡은 땅을 편안히 다스리라 하시오."

이어 주천자는 적성루의 전각을 모두 허물고, 녹대

의 재화와 거교의 곡식을 나눠주었다. 기자를 감옥에서 풀어주고, 비간의 묘를 봉해 주고, 상용商容의 집에 예의를 표하고, 궁궐 안의 사람들을 풀어주고, 4해에 크게 은택을 베풀었다. 이에 만백성이 모두 진심으로 기뻐하며 복종했다.

또한 무사武事를 그치고 문치文治를 시행하며, 전마戰馬를 화산華山의 양지쪽에 돌려보내고 짐 끌던 소들을 도림桃林의 들녘에 방목하니, 천하가 크게 복종함을 보였다.

천자가 조가에서 몇 개월 지내는 동안에 만민이 즐거이 생업에 종사하고 인구와 물자가 크게 풍성해졌다. 상서로운 풀들이 돋아나고, 봉황이 나타나고, 단 샘물이 넘치고, 감로가 내리고, 상서로운 별과 구름이 몰려와 밝게 비추는 등 그야말로 태평스럽기 그지없는 광경이었다.

천하의 제후들은 모두 하직인사를 고하고 각자 본국으로 돌아갔다.

어느 날 자아가 내정으로 들어가 알현하자 천자가 하문했다.

"상보께선 무슨 하실 말씀이라도 계십니까?"

자아가 아뢰었다.

"바야흐로 천하가 이미 평정되었습니다. 노신 폐하께 아뢰오니 관리를 임명하여 조가를 진수鎭守케 하소서."

"상보의 말씀에 따르겠습니다. 어느 관리를 임명하면 되겠습니까?"

"폐하께서 이미 무경을 죽이지 않고 사면하시어 그에게 본토를 지키면서 은나라의 제사를 존속케 했습니다. 하오나 반드시 나라를 감독할 사람이 있어야만 합니다."

"내일 조회를 열어 상의하도록 하겠소."

다음날 천자는 일찍 조회를 열어 신하들이 알현을 마치자 물었다.

"짐은 이제 무경을 본토에 봉하여 대대로 지키면서 은나라의 제사를 모시게 하려는데, 반드시 나라를 감독할 사람이 있어야 하겠소. 누가 적임자라고 생각들 하오?"

천자가 하문하자 신하들이 함께 논의했다.

"친왕親王이 아니면 아니됩니다. 관숙 선管叔鮮과 채숙 도蔡叔度 두 왕이 나라를 감독하시면 될 것입니다."

이에 천자가 윤허하고 곧바로 두 동생에게 조가를 지키라 명했다. 천자가 이어 분부했다.

"내일 환국하겠노라."

주천자의 성지가 내려지자 조가군민들과 노인들은 모두 어가를 만류할 의논을 했다.

다음날 천자는 두 동생에게 나라를 잘 감독하라 분부하고 마침내 어가를 출발시켰다. 그러자 백성들이 노인을 붙들고 어린애를 끌고서 길을 가로막고 엎드려 절하며 소리쳤다.

"폐하께서 저희들을 도탄에서 구해 주셨는데 지금 하루아침에 환국하시고 나면 만백성은 부모가 없게 되나이다. 바라건대 폐하께서 똑같이 사랑을 베푸시어 이곳에 거하신다면, 저희 만백성은 그 기쁨을 가누지 못할 것입니다."

천자는 만류하는 것을 보고 백성들을 위로했다.

"지금 짐이 이미 두 아우에게 조가를 감독케 했으니, 짐이 있는 것과 마찬가지이며 그대들을 결코 실망시키지 않을 것이니라. 그대들은 공법公法을 받들어 지키기만 하면 자연히 편안하게 생업에 종사할 수 있을 것이니, 어찌 반드시 짐이 여기에 있어야만 편안하고 풍요로울 수 있단 말인가?"

백성들이 그래도 붙잡고 만류하면서 방성대곡하자 천지가 진동했다. 천자 역시 슬퍼하며 다시 두 동생인 관숙 선과 채숙 도에게 말했다.

"백성은 나라의 근본이니 경들은 아래 백성을 함부로 학대해서는 안되고 마땅히 자식처럼 여겨야 할 것이오. 만약 짐의 뜻에 따르지 않고 백성을 학대한다면, 짐은 국법으로 엄히 다스리고 황친이라 해서 죄를 감하지는 않을 것이니 두 아우는 삼가 힘쓰라."

두 사람이 명을 받았다.

천자는 즉시 어가를 출발하여 곧장 서기를 향하여 전진했다. 백성들은 울면서 전송한 뒤에 마침내 조가로 돌아갔다. 천자는 조가를 떠나 줄곧 행군하여 하루도 안 되어 어느덧 맹진에 도착했다. 지난날 맹진을 건널 때를 생각해 보니 백어가 배로 뛰어올랐고 창칼이 마구 어지러웠는데, 오늘 돌아와 맹진을 다시 보니 감회가 어렸다.

천자는 자아와 함께 황하를 건너 면지를 지나 5관까지 나왔다. 자아는 한참 길을 가다가 정벌에 수행했다가 전사한 장수들이 생각나 불현듯 가슴을 후볐다.

하루는 금계령에 당도하여 수양산을 넘으려고 대군이 한창 행군하고 있었는데, 앞에서 두 도인이 길을 가로막으면서 기문관旗門官에게 말했다.

"강 원수께 뵙잔다고 고해 주시오."

좌우에서 중군에 들어가 보고하자 자아가 황급히 대군영 밖을 나와 보니 다름 아닌 백이와 숙제였다.

자아가 황망히 인사하며 물었다.

"두분 현후께서는 무슨 일로 저를 보러 오셨습니까?"

백이가 말했다.

"강 원수는 오늘 회군하는데 천자는 어찌되셨소?"

자아가 그간의 일을 소상히 답했다. 백이와 숙제가 온 얼굴에 눈물을 흘리면서 외쳤다.

"심하도다! 슬프도다! 포악함으로 포악함을 바꾸었으니 내 이제 무엇을 하리!"

두 사람은 말을 마치고 소매를 떨치며 돌아서서 수양산으로 들어가니, 「채미採薇」시를 지어 부르고 7일 동안 주나라 곡식을 먹지 않다가 수양산에서 굶어죽었다. 이를 애도한 후인의 시가 있다.

지난날 수양산에서 서주군을 막았던 것은,
한 점 충성심으로 성탕을 위하고자 함이었네.
천하가 이미 넘어갔는데도 피눈물 흘리며,
만 번 죽더라도 개의치 않고 큰 절개 지켰네.
물과 땅은 새로운 세상 되었음을 알지 못하고,
강산은 여전히 옛 군왕을 그리워한다네.
가련하게도 주나라 곡식 먹길 부끄러워하고
기꺼이 명예와 절개 지켰으니
그 일월과 같은 빛남 만고에 남으리라.

자아의 군대가 수양산을 지나 연산에 이르자 길 가득 주나라 백성들이 대그릇 밥과 술병을 들고 와서 천자를 영접했다.

마침내 군대가 서기산에 이르자, 상대부 산의생散宜生과 황곤黃滾이 와서 어가를 영접했다. 따라온 여러 관리들은 모두 길옆에 엎드려 있었다.

천자는 수레 안에서 여러 동생들과 노장군 황곤과 그를 따라온 손자 황천작黃天爵을 보고 말했다.

"짐이 동정한 지 5년 만에 오늘 경들을 다시 만나게 되었구려! 나도 모르게 가슴 가득 슬픔이 밀려오고 근심 어린 회포가 솟는구려!"

산의생이 앞으로 나아가 아뢰었다.

"폐하께서 지금 보위에 오르시고 천하가 태평하니 이는 더할 수 없는 기쁨입니다. 신 등이 천안天顔을 다시 뵙게 된 것은 바로 용과 호랑이가 다시 만나 재회의 기쁨을 나누는 것과 같습니다. 폐하께서는 만백성과 함께 태평성대를 즐기실 수 있사온데 어찌하여 슬퍼하고 침울해 하십니까?"

"짐이 제후들과 회맹하여 천자 은수를 정벌하러 동쪽으로 5관을 진격해 가는 동안 수많은 충량들이 함께 태평세월을 누리지도 못하고 먼저 황천으로 떠났소. 또한 오늘 경들을 보니 늙은이나 젊은이나 살아 있는 자나 죽은 자나 모두 옛 모습들이 아닌지라, 짐은 금석今昔의 감회를 누를 길이 없어서 이렇게 침울한 것이오."

산의생이 다시 아뢰었다.

"신하는 충을 위하여 죽고 자식은 효를 위하여 죽어 모두 군부君父의 홍은에 보답하고 역사에 꽃다운 이름을 남겼으니 훌륭한 일입니다. 폐하께서는 그 자손들에게 작록을 내리시고 대대로 국은을 받게 하여 보답하면 되는데 어찌하여 침울해 하십니까?"

천자는 중신들과 말고삐를 나란히 했다. 서기산에서 기주에 이르는 70여 리 길마다 만백성이 다투어 천자의 어가를 보며 기뻐했다.

천자의 난가鸞駕가 호위를 받으며 서기성에 이르자 생황소리가 울려퍼지고 향기가 사방에 자욱했다.

천자는 내정으로 들어가 태강太姜을 배알하고 태임太姙을 뵙고 태희太姬를 만났으며, 현경전에 연회를 베풀어 문무대신들과 만났다.

천자는 연회를 열어 자리를 마련한 다음 백관들에게 상을 주고 군신이 함께 기쁘게 마시다가 모두들 마음껏 취하여 흩어졌다.

다음날 아침조회 때 문무백관이 배알을 마치자 천자가 하문했다.

"아뢸 일이 있으면 출반하여 짐을 만나고 일이 없으면 일찍 해산하시오."

말을 마치자마자 자아가 출반하여 말했다.

"노신은 천명을 받들고 정벌을 행하여 은천자를 멸하고 주나라를 흥성케 하여 폐하의 대업이 이미 이루어졌으나, 수년 동안의 싸움에서 전사한 사람과 신선들은 아직 봉직을 받지 못하고 있습니다. 그래서 노신은 머지않아 폐하께 작별을 고하고 곤륜산으로 가서 교를 관장하시는 사존을 만나뵙고서 옥첩玉牒과 금부金符를 청하여 여러 사람을 봉신封神함으로써, 그들의 자리를 정해 줌으로써 의지할 곳 없이 쓸쓸히 떠돌지 않게 하려 합니다."

"상보의 말씀이 참으로 옳습니다."

이렇게 말하고 있을 때 오문관午門官이 아뢰었다.

"밖에 은나라의 신하 비렴과 악래가 와서 어지를 기다리고 있습니다."

천자가 자아에게 하문했다.

"지금 은나라의 신하가 이곳까지 와서 짐을 보자 하는 것은 무슨 의도가 있는 것이오?"

"비렴과 악래는 은천자의 간신입니다. 전날 은천자를 격파할 때 두 간신은 자취를 감추었다가, 지금 천하가 태평해진 것을 보고 여기에 와서 폐하를 미혹하여 작록이나 얻으려는 속셈입니다. 이런 간신배를 어찌 하루라도 천지간에 살려둘 수 있겠습니까? 다만 노신이 그들을 이

용할 데가 있으니 폐하께서는 조정으로 들어오게 하여 노신이 그들에게 분부하기를 기다리셨다가 처리하소서."

천자가 그 말에 따라 명했다.

"대전 앞으로 들라 하라."

좌우 신하들이 두 사람을 인도하여 붉은 섬돌계단 앞에 이르자, 그들은 배알을 마치고 아뢰었다.

"망국의 신하 비렴과 악래는 폐하의 만수무강을 비옵니다!"

"두 경은 무슨 바람이 있어 예까지 왔는가?"

비렴이 아뢰었다.

"천자는 충언을 듣지 않고 주색에 빠져 방탕무도하다가 사직을 멸망시키고 말았습니다. 신이 듣자오니 대왕의 어지신 덕이 4해에 널리 퍼지고 천하의 인심이 귀속하여 진정으로 요순을 능가하신다기에, 신은 천 리를 멀다 않고 달려와 폐하를 알현하고 견마지로를 다 바칠까 합니다. 만약 거두어 주시는 은총을 입어 좌우에서 모시게 된다면 더없는 영광이겠습니다. 삼가 옥부玉符와 금책金冊을 바치오니 부디 받아주시기 바랍니다."

자아가 말했다.

"두분 대부는 은천자께 충성을 다했으나 천자가 이를 살피지 않아 결국 패망의 화에 이른 것입니다. 지금 이미 주나라에 귀순한 것은 어둠을 버리고 밝음에 투신한 것이니, 폐하께서는 마땅히 두 대부를 등용하셔야 합니다. 이는 바로 거친 옥돌을 버리고 미옥美玉을 쓰는 것과 같습니다."

천자가 자아의 말을 듣고 비렴과 악래를 중대부로 삼자 두 사람이 성은에 감사했다.

한편 옛날 자아의 부인이었던 마씨馬氏는 자아가 큰 뜻이 없는 인물이라며 비웃고 마침내 자아를 버리고 이미 다른 사람에게 시집갔었다.

그러나 그 사이 주나라 무왕이 은천자를 정벌하여 마침내 천자의 자리에 오르고 천하가 주나라로 귀속하여 세상이 태평해지니 이 모두 상보 자아의 공이라는 것을 모르는 자가 없었다.

이제 천하가 하나로 통일되자 자아는 출장입상出將入相 곧 밖으로는 장수가 되고 들어와서는 재상이 되어 인간의 무궁한 복록을 누리게 되었다. 권세는 군주와 같고 지위는 신하 중에서 으뜸으로서 고금에 그를 따를 자가 없었다. 천하사람들은 자아를 찬탄하지 않음이 없었다.

"자아가 곤궁에 처하여 반계에 은거했을 때는 낚시꾼이나 나무꾼으로 늙어 죽을 줄로만 알았었는데, 여든

살 나이에 주문왕의 부르심을 받아 오늘날 이렇게 끝없는 공업을 이루게 될 줄을 어찌 알았으리!"

이런 이야기가 날마다 퍼져 마침내 마씨의 귀에까지 들어갔다. 마씨는 그때 한 시골 농부와 같이 살고 있었는데, 어느 날 이웃집의 한 노파가 마씨에게 말을 전했다.

"옛날 자네가 시집갔던 그 강씨가 글쎄 지금 이렇게 커다란 공업을 세웠다지 뭔가."

이러쿵저러쿵 한참을 얘기하자 마씨는 얼굴이 온통 빨개지더니 열이 확확 끓어올라 한동안 말이 없었다. 그 노파가 그녀를 채근질하면서 말했다.

"그때 아무래도 자네가 실수한 것 같구먼. 만약에 자네가 당시 강씨를 따라갔었더라면 지금은 그 무궁한 부귀를 함께 누리고 있을 터인데, 도리어 여기에서 이렇게 곤궁한 나날을 보내고 있다니 참 딱하기도 하지. 이 역시 복 없는 자네의 운명이 아니겠는가!"

마씨는 기름을 끼얹은 횃불처럼 마음에 갈피를 못 잡았지만 후회해도 소용없는 일이었다. 그런만큼 한편으로는 더욱 화가 치밀고 괴로웠다.

그날 노파와 헤어진 마씨는 집으로 돌아와 앉아 있자니 생각할수록 한스러웠다.

'내가 지난날 어찌하여 그를 멸시했던고! 이 두 눈을

뜨고 어찌 세상을 살아간단 말인가?'

또한 한숨은 절로 나오며 끌탕을 했다.

'이렇게 백 년을 산다 한들 그저 그뿐이겠지. 세상에 품안에 든 그런 귀인을 내 어찌 몰라봤을꼬! 어쩌면 좋누!'

또한 왜 그리 가슴이 저려오는지 몰랐다.

'아까 그놈의 늙은이가 날더러 복이 없다고 말했지. 생각할수록 부끄러워 죽겠네. 다시 무슨 낯짝으로 세상을 살아가 글쎄. 에라! 차라리 죽는 게 낫겠다.'

이렇게 혼자 생각하면서 한바탕 크게 울고 난 뒤에 다시 생각했다.

'아마도 그 사람이 아닐 거야. 세상에는 같은 이름을 쓰는 사람이 있을 수도 있으니 잘못 듣고 헛되이 죽어서는 안되지! 저녁에 남편이 돌아오면 자세히 물어보고 난 뒤에 죽든 말든 해도 늦지는 않을 거야.'

그날 저녁에 장삼로張三老라는 농부가 성 안에서 채소를 팔고 집으로 돌아오자, 마씨가 맞이하여 저녁밥을 차려주면서 물었다.

"자아라는 사람이 지금 출장입상하여 온갖 부귀를 누리고 있다는데 소문이 사실이우?"

장삼로가 듣더니 얼굴에 웃음을 띠고 대답했다.

"부인이 묻지 않았다면 나도 굳이 말하고 싶지 않았

지만 그 소문은 과연 사실이오. 전날에 강 승상이 조가에 있을 때 보았는데 그 위의가 얼마나 대단하던지! 천하의 제후들이 모두 그의 명을 받고 있었소. 나는 그때 당신에게 그를 한번 만나보고 조그만 부귀라도 청해 보라고 할까 했었는데, 그의 지위가 워낙 존귀해서 괜히 일만 만들게 될까 싶어 줄곧 말하지 않고 있었소. 이제 부인이 물어보기에 비로소 말하는 것이오. 그러나 이젠 너무 늦은 것 같소. 강 승상이 귀국한 지 오래니 그냥 이대로 있는 것이 낫겠소."

마씨는 남편의 말을 듣고 한참 동안 말이 없었다. 장삼로는 부인이 괴로워할까 싶어 한 차례 다정하게 위로해 주었다. 마씨는 남편에게 잠을 자라고 권한 뒤에 스스로 몸을 깨끗이 하고 가슴을 쓸어내듯 통곡하고 나서 대들보에 목을 매달아 죽고 말았다. 한 영혼이 봉신대로 갔다.

장삼로가 깨어나니 하늘이 이미 밝아 있었다. 마씨가 죽어 있는 것을 보고 장삼로는 그저 묵묵히 관을 사다가 장례를 치렀다.

부인 마씨가 이렇게 목매달아 죽은 것을 아는지 모르는지, 다음날 자아는 조정에 들어가 왕을 뵙고 아뢰었다.

"지난날 노신이 사부의 명을 받들고 하산하여 조민벌

죄벌민벌罪하시는 폐하를 도왔던 것은 본래 운명에 따라 행한 것이었습니다. 하오나 사람과 신선들이 모두 살운을 만났으니 먼저 봉신대 위에 봉신방을 세워야 합니다. 지금 대사가 이미 이루어졌으나 전사한 사람과 신선의 혼백은 의지할 곳이 없습니다. 노신 폐하께 특별히 아뢰오니, 며칠간 말미를 주신다면 곤륜산으로 가서 사존을 뵙고 옥부와 금책을 받아와서 여러 신들을 봉해 주어 속히 각자의 자리를 정해 줄까 합니다. 바라건대 폐하께서는 신이 하는 일을 윤허하여 주소서!"

"상보께서는 수년간 노고를 하셨으니 태평의 복을 누리심이 마땅하나, 이 일 또한 작지 않으니 상보께서 속히 시행토록 하십시오. 선도仙島에 행여 오래 머물러 짐을 애타게 기다리게 하지는 마십시오."

"노신이 어찌 감히 성은을 어기고 산림 속에서 한가로이 노닐 수 있겠나이까!"

서둘러 천자께 작별을 고하고 자아는 승상부로 돌아와 목욕하고 나서 토둔법을 써서 곤륜산으로 갔다.

자아가 귀국하여 봉신하다

　자아가 토둔법으로 옥허궁에 당도했으나 감히 함부로 들어가지 못했다. 잠시 뒤에 백학동자가 나와 자아를 보고 황급히 물었다.

　"사숙, 어인 일이십니까?"

　"번거롭겠지만 사부를 뵈러왔다고 좀 통보해 주게."

　백학동자가 급히 궁으로 들어가 벽유상 앞에 이르러 아뢰었다.

　"사존님께 아룁니다. 강 사숙이 궁 밖에서 뵙기를 청합니다."

"드시게 하라."

백학동자가 나와 원시천존의 명을 전하자, 자아는 궁으로 들어가 벽유상 앞에 이르러 엎드려 절했다.

"제자 강상, 사부님의 만수무강을 비옵니다! 제자가 오늘 산에 오른 것은 사부님을 뵙고 특별히 옥부玉符와 칙명을 청하여 전사한 충신효자와 살겁을 만난 신선들의 품계를 하루 빨리 봉해 주어 그들의 혼백이 의지할 곳 없이 떠돌지 않게 하고자 함입니다. 사부님께 청하오니 은혜를 베푸시어 속히 시행할 수 있게 해주신다면, 이는 여러 신들의 크나큰 기쁨이자 제자의 더없는 광영입니다."

"나는 이미 알고 있노라. 네가 먼저 돌아가 있으면 머지않아 옥부와 칙명을 보낼 것이니 속히 돌아가거라."

자아는 머리 조아려 성은에 감사드리고 물러나왔다. 자아는 옥허궁을 떠나 서기로 돌아온 다음날 입조하여 천자를 알현하고 봉신에 관한 일을 갖추어 아뢰었다.

어느덧 시간이 지나가 하루도 못되어 공중에서 생황소리가 울려퍼지고 향연이 자욱한 가운데 깃발과 우개羽蓋를 황건역사가 호위하면서 왔다. 백학동자가 직접 옥부와 칙명을 가지고 승상부에 강림한 것이었다.

자아가 옥부와 금칙金勅을 받들어 향안 위에 모시고 옥허궁을 향해 감사의 예를 마치고 나자, 황건역사와 백학동자는 자아와 작별하고 곤륜산으로 돌아갔다.

자아가 옥부와 금칙을 직접 들고서 토둔법으로 기산에 당도하니 한 줄기 바람이 봉신대에 벌써 불어왔다. 청복신清福神 백감栢鑑이 자아를 영접하는 것이었다. 자아가 옥부와 금칙을 받들고 봉신대에 올라 그것을 한가운데에 내려놓고 무길과 남궁괄에게 명했다.

"종이로 만든 팔괘번八卦旛을 세우고 방향에 따라 간지干支의 깃발들을 세우시오."

다시 두 사람에게 명하여 3천의 인마를 이끌고 와서 오방에 따라 배열하라 했다. 자아는 분부를 끝내고 목욕하고 옷을 갈아입은 뒤에 금향로에 향을 사르고 술을 따르고 꽃을 바치고 나서 대를 세 바퀴 돌았다.

자아는 예를 마치고 칙명을 고할 차례가 되자 먼저 청복신 백감에게 대 아래에서 분부를 기다리라 명했다. 그런 뒤에 자아는 옥허궁 원시천존의 칙서를 읽었다.

태상무극太上無極 혼원교주混元教主 원시천존이 칙명을 내리노라. 오호라! 무릇 신선의 길은 멀고머니 근본수행이 심후하지 않으면 어찌 통달할 수 있으며, 신선의 길은 다르니 어찌 아첨과 간사함으로 몰래 훔쳐낼 수 있겠는가? 설령 선도에서 정기를 마시고 형체를 단련한다 하더라도 일찍이 삼시신三尸神을 물리치지 못한다면 결국 5백 년 후의 겁란을 면치 못하며, 설사 현관玄關에서 진성眞性을 품고 전일專一함을 지킨다 하더라도 미처 양신陽神을 초탈하지 못한다면 3천 년마다 열리는 요지瑤池의 선회仙會에 나가기 어렵도다. 너희들은 비록 지극한 도를 듣기는 했지만 아직 보리菩提는 이루지 못했도다. 또 한마음으로 수도한다고는 하지만 탐욕과 어리석음을 벗어던지지 못했으며, 몸은 이미 성인의 대열에 들어섰지만 분노는 제거하기 어렵도다. 모름지기 지난 허물이 계속 쌓이게 되면 겁운이 찾아오기 마련이니, 어떤 이는 속세에 몸을 던져 진충보국하기도 하고, 어떤 이는 분노로 말미암아 스스로 재앙을 초래하기도 했도다. 생사윤회는 끊임없이 순환하는 것이며 업보와 원한은 서로 쉬지 않고 응보를 거듭하는 것이로다. 몹시 애처롭도다! 가련한 너희들은 직접 칼날을 무릅쓰고 날마다 고통의 바다에 빠져 허우적대면서 충절을 다 바쳤지만 의지할 곳 없이 떠돌고 있도다. 이에 특별히 강상에게 명하여 겁운의 경중과 품자의 고하에 따라 너희들을 팔부정신八部正神에 봉할 것이니, 각 사司를 나누어 관장하면서 두루 하늘을 살피고 인간의 선악을 규찰하여 삼계三界의 공덕을 조사하라. 화복이 너희들에 의해 시행될 것이니 이제부터 생사를 초탈하여 공을 세우게 되면 순서에 따라 봉직을 옮겨줄 것이니라. 너희들은 삼가 홍규弘規를 지킬 것이며, 사사로이 망령됨을 행함으로써 스스로 허물을 지어 근심을 끼치게 하지 말지니라. 영원히 보록寶錄을 가슴에 새기고 항상 조칙을 따르라. 이에 칙명을 내리노니 너희는 삼가 받들지니라!

자아는 칙서를 다 읽고 부록符錄을 탁자 위에 받들어 놓은 뒤에 갑옷과 투구를 차려입고 왼손에는 행황기를 들고 오른손에는 타신편을 든 채 중앙에 서서 소리쳤다.
"백감은 봉신방封神榜을 대 아래에 걸어둔 다음 순서를 어겨 잘못을 저지르지 말고 차례대로 여러 신들을 올려 보내라."
백감이 법지를 받고 봉신방을 대 아래에 내걸자, 여러 신들이 모두 몰려와 살펴보았다. 그 봉신방의 우두머리는 백감이었다. 백감은 손에 인혼번引魂旛을 들고 황급히 단 아래에 엎드려 원시천존의 칙명을 들었다.
자아가 말했다.

이제 태상무극 원시천존의 칙명을 전하노라. 그대 백감은 옛날 헌원軒轅황제의 대장이 되어 치우蚩尤를 정벌하여 일찍이 공훈을 세웠으나, 불행히도 북해에서 죽어 살신보국했으니 그 충절이 가상하도다! 계속 북해에 빠져 있어서 그 원혼이 심히 애처로웠는데, 다행히 강상을 만나 봉신되어 봉신대를 지키면서 공을 세웠으니, 특별히 보록을 하사하여 그대의 충혼을 위로하노라. 이제 칙명으로 그대를 삼계수령팔부삼백육십오위청복정신三界首領八部三百六十五位淸福正神의 직에 봉하노니 그대는 삼가 받들지니라!

백감은 단 아래 음풍陰風 그림자 속에서 백령번白靈旛을 손에 들고서 옥칙玉勅에 머리 조아려 성은에 감사드렸다. 단 아래에는 바람과 구름이 자욱하고 향기로운 연기가 가득 서려 있었다. 백감이 대 밖에 이르러 백령번을 손에 들고 지휘를 기다리자 자아가 백감에게 명했다.

"황천화를 대 위로 올려보내 봉직을 받게 하라."

잠시 뒤 황천화가 꿇어앉자 자아가 말했다.

이제 태상무극 원시천존의 칙명을 전하노라. 그대 황천화는 젊은 나이에 진충보국하고자 하산하여 맨 먼저 큰 공을 세웠으며, 아비의 허물을 구하여 효성으로 봉양했으나, 영광스런 봉작을 누리지도 못한 채 전장에서 목숨을 잃었으니 참으로 애통하도다. 공에 따라 포상한다면 후한 봉직을 받는 게 마땅하도다. 이에 특별히 칙명으로 그대를 관령삼산정신병령공管領三山正神炳靈公의 직에 봉하노니 그대는 삼가 받들지니라!

황천화는 단 아래에서 성은에 감사드리고 나서 단을

나갔다. 자아가 또 백감에게 명했다.

"오악정신五岳正神을 단 위로 올려 보내 봉직을 받게 하라."

잠시 뒤 황비호 등이 대 아래에 꿇어앉아 칙명을 받들었다. 자아가 말했다.

이제 태상무극 원시천존의 칙명을 전하노라. 그대 황비호는 폭군의 잔학무도함을 만나 마침내 타국으로 망명하여 정처없이 유랑하다가 혈육을 잃는 비통함을 당했으며, 지혜롭게 분투하다가 돌연히 태양금침의 재앙을 만나 마침내 흉화凶禍에 걸려들고 말았으니 진정 비통하도다! 숭흑호는 백성을 구제할 뜻을 지니고 있었으나 갑자기 겁운을 만났으며, 문빙 등 세 사람은 금란지교金蘭之交를 맺고 한마음으로 협력하여 굳건한 충의로써 고굉股肱의 충절을 다하고자 했는데, 운명이 다하여 뜻을 이루지 못한 채 죽게 될 줄을 어찌 알았으리! 그대 다섯 사람의 고충孤忠은 똑같으나 공에는 심천深淺이 있으니, 특별히 영광스런 봉직을 내리되 이로써 차등을 두노라. 칙명으로 그대 황비호를 오악의 우두머리에 봉하고 아울러 유명지부幽冥地府의 18지옥을 관장케 하노니, 생사윤회에 응하여 인신人神이나 선귀仙鬼가 된 자는 모두 동악東岳의 결재에 따라 시행토록 하라. 이에 특별히 그대를 동악태산천제인성대제東岳泰山天齊仁聖大帝의 직에 칙봉勅封하여 천지인간의 길흉화복을 관장케 하노니, 그대는 그 법도를 더럽히지 말고 삼가 받들지니라!

황비호가 대 아래에서 머리 조아려 성은에 감사드렸다. 이어서 자아가 네 사람에 대한 칙명을 읽었다.

특별히 그대 숭흑호를 남악형산사천소성대제南岳衡山司天昭聖大帝에 칙봉하고, 특별히 그대 문빙을 중악숭산중천숭성대제中岳嵩山中天崇聖大帝에 칙봉하고, 특별히 그대 최영을 북악항산안천현성대제北岳恒山安天玄聖大帝에 칙봉하고, 특별히 그대 장웅을 서악화산금천원성대제西岳華山金天願聖大帝에 칙봉하노니, 그대들은 삼가 받들지니라!

숭흑호 등이 모두 머리 조아려 은총에 감사드린 뒤에 황비호와 함께 단을 나갔다.

자아가 또 백감에게 명했다.

"뇌부정신雷部正神을 대 위로 인도하여 봉직을 받게 하라."

청복신이 인혼번을 들고 단을 나와 뇌부정신을 인도했는데, 문 태사는 빼어난 풍모와 날카로운 기상을 지니고 있어 남에게 굽히려 하지 않았으니 어찌 순순히 백감을 따라나서려 했겠는가! 자아가 대 위에서 바라보니 문 태사가 향풍香風과 운기雲氣를 한바탕 일으키면서 24정신을 거느리고 곧장 대 아래로 들이닥쳤는데 무릎을 꿇지 않았다. 이에 자아가 타신편을 들고 호통쳤다.

"뇌부정신은 무릎을 꿇고서 옥허궁의 봉칙을 삼가 받들라!"

그제야 문 태사가 여러 신들을 이끌고 무릎꿇고 봉칙을 받들었다. 자아가 말했다.

이제 태상무극 원시천존의 칙명을 전하노라. 그대 문중은 일찍이 명산에 들어가 대도를 수양하여, 비록 조원朝元의 정과正果는 얻었지만 아직 지고한 진체眞諦에는 이르지 못했으며, 대라천大羅天의 선경에 오르기는 했지만 인연이 없었도다. 벼슬은 신하 중의 으뜸이며 두 조정을 섬기면서 충절을 다 바쳤도다. 그러나 겁운을 만나 목숨을 잃었으니 그 진정한 충렬이 몹시 딱하도다. 이제 특별히 그대에게 뇌부를 관장케 하노니, 구름을 일으키고 비를 내려 만물을 생장시키고, 명을 거역하는 무리를 주살하여 선악에 따라 화복을 내려라. 이에 특별히 그대를 구천응원뇌신보화천존九天應元雷神普化天尊의 직에 칙봉하노니, 구름과 비를 다루는 뇌부의 24호법천군護法天君을 거느리고서 그대의 뜻에 따라 시행하라. 그대는 삼가 받들지니라!

□ 뇌부24위천군정신雷部二十四位天君正神

등천군鄧天君 충忠　　　　신천군辛天君 환環

장천군張天君 절節	도천군陶天君 영榮
방천군龐天君 홍洪	유천군劉天君 보甫
구천군苟天君 장章	필천군畢天君 환環
진천군秦天君 완完	조천군趙天君 강江
동천군董天君 전全	원천군袁天君 각角
이천군李天君 덕德[만선진에서 사망]	
손천군孫天君 양良	백천군栢天君 매禮
왕천군王天君 변變	요천군姚天君 빈賓
장천군張天君 소紹	
황천군黃天君 경庚[만선진에서 사망]	
금천군金天君 소素[만선진에서 사망]	
길천군吉天君 입立	여천군余天君 경慶
섬전신閃電神[즉 금광성모金光聖母]	
조풍신助風神[즉 함지선菡芝仙]	

 뇌조雷祖가 24명의 천군을 거느리고 봉칙을 다 받고 나서 은혜에 감사드린 뒤에 봉신대를 떠나갔다. 서광이 아스라이 퍼지고 보랏빛 운무가 서리더니 섬광이 번쩍이고 풍운이 휘감아 돌아 사뭇 기이했다.

 자아가 또 백감에게 명했다.

 "화부정신火部正神을 대 위로 인도하여 봉칙을 받게 하라."

잠시 뒤에 나선羅宣 등이 대 아래로 와서 무릎꿇고 칙명을 받들자 자아가 말했다.

이제 태상무극 원시천존의 칙명을 전하노라. 그대 나선은 옛날 화룡도에서 일찍이 무상無上의 도를 닦았으나 청란靑鸞의 날개에는 올라타지 못했으며, 한순간의 분노와 어리석음으로 말미암아 7척의 몸을 헛되이 버렸도다. 비록 그대의 잘못이 있긴 하지만 그것은 모두 지난날의 허물일 뿐이다. 이에 특별히 그대를 남방삼기화덕성군정신南方三氣火德星君正神의 직에 칙봉하노니, 화부의 다섯 정신을 거느리고 그대의 뜻에 따라 시행하여 인간의 선악을 규찰하라. 삼가 이를 받들지니라!

□ 화부5위정신火部五位正神

미화호尾火虎 주초朱招　　실화저室火猪 고진高震
자화후觜火猴 방귀方貴　　익화사翼火蛇 왕교王蛟
접화천군接火天君 유환劉環

화성火星이 다섯 정신을 거느리고 머리 조아려 은혜에 감사드리고 대를 떠났다.

자아가 또 백감에게 명했다.

"온부정신瘟部正神을 대 위로 인도하여 봉칙을 받게 하라."

잠시 뒤에 여악呂岳 등이 대 아래에 꿇어앉아 칙명을

들었다. 둘러보니 운무가 처량하고 바람이 스산했다. 자아가 말했다.

이제 태상무극 원시천존의 칙명을 전하노라. 그대 여악은 해도에서 수도하여 도를 깨닫고 신선이 되었지만, 못된 자의 말을 잘못 듣고서 창칼을 움직여 처참한 살육을 일으킴으로써 스스로 죄악의 구렁텅이에 빠지고 말았으니 이 얼마나 서글픈 일인가! 이에 특별히 그대를 주장온황호천대제主掌瘟昊天大帝의 직에 칙봉하노니, 온부의 여섯 정신을 거느리고서 질병을 그대 뜻대로 처리하라. 삼가 이를 받들지니라!

□ 온부6위정신瘟部六位正神
동방행온사자東方行瘟使者 주신周信
남방행온사자南方行瘟使者 이기李奇
서방행온사자西方行瘟使者 주천린朱天麟
북방행온사자北方行瘟使者 양문휘楊文輝
권선대사勸善大師 진경陳庚
화온도사和瘟道士 이평李平

여악 등이 은혜에 감사드리고 단을 나왔다. 자아가 또 백감에게 명했다.

"두부정신斗部正神을 대 위로 인도하여 봉칙을 받게 하라."

잠시 뒤 금령성모金靈聖母 등이 꿇어앉아 칙명을 받들자 자아가 말했다.

이제 태상무극 원시천존의 칙명을 전하노라. 그대 금령성모는 도덕을 이미 온전히 이루었고 일찍이 백천 겁의 세월을 지내왔으나, 분노의 마음을 물리치지 못하고 살육의 재앙에 걸려들어 스스로 화염 속을 밟았으니, 어찌 윤회의 고통에서 벗어날 수 있겠는가! 후회해도 이미 소용없도다. 그러나 그 동안 수도에 힘쓴 노력을 가상히 여겨 특별히 그대를 집장금궐執掌金闕에 칙봉하여 두부를 관장케 하노니, 주천열수週天列宿의 우두머리가 되고 북극자기北極紫氣의 존엄함으로 8만 4천의 군성악살群星惡煞을 수하에 부리면서 영원히 감궁두모정신坎宮斗母正神의 직을 수행하라. 삼가 이 새로운 칙명을 시행하여 지난 허물을 모두 없애도록 할지니라!

□ 오두군성길요악살정신五斗群星吉曜惡煞正神

동두성관東斗星官

　소호蘇護　　금규金葵　　희숙 명姬叔明　　조병趙丙

서두성관西斗星官

　황천록黃天祿　　용환龍環　　손자우孫子羽　　호승胡陞

　호운붕胡雲鵬

중두성관中斗星官

　노인걸魯仁傑　　조뢰晁雷　　희숙 승姬叔昇

중천북극자미대제中天北極紫微大帝

　희백읍고姬伯邑考

남두성관南斗星官

　주기周紀　　호뢰胡雷　　고귀高貴　　여성余成

　손보孫寶　　뇌곤雷鵾

북두성관北斗星官

　황천상黃天祥[천강天罡]　　비간比干[문곡文曲]

　두영竇榮[무곡武曲]　　　　한승韓昇[좌보左輔]

　한변韓變[우필右弼]　　　　소전충蘇全忠[파군破軍]

　악순鄂順[탐랑貪狼]　　　　곽신郭宸[거문巨門]

　동충董忠[초요招搖]

군성群星

　청룡성靑龍星　등구공鄧九公　백호성白虎星　은성수殷成秀

　주작성朱雀星　마방馬方　　　현무성玄武星　서곤徐坤

　구진성勾陳星　뇌붕雷鵬　　　등사성螣蛇星　장산張山

　태양성太陽星　서개徐蓋

　태음성太陰星　강씨姜氏[은주왕 황후]

　옥당성玉堂星　상용商容　　　천귀성天貴星　희숙건姬叔乾

　용덕성龍德星　홍금洪錦

　홍란성紅鸞星　용길공주龍吉公主

　천희성天喜星　주왕천자紂王天子

　천덕성天德星　매백梅伯[은주왕 대부]

　월덕성月德星　하초夏招[은주왕 대부]

천사성天赦星 조계趙啓[은주왕 대부]

모단성貌端星 가씨賈氏[황비호 처]

금부성金府星 소진蕭臻   목부성木府星 등화鄧華

수부성水府星 여원余元

화부성火府星 화령성모火靈聖母

토부성土府星 토행손土行孫 육합성六合星 등선옥鄧嬋玉

박사성博士星 두원선杜元銑 역사성力士星 오문화鄔文化

주서성奏書星 교격膠鬲   하괴성河魁星 황비표黃飛彪

월괴성月魁星 철지부인徹地夫人

제거성帝車星 강환초姜桓楚 천사성天嗣星 황비표黃飛豹

제로성帝輅星 정책丁策   천마성天馬星 악숭우鄂崇禹

황은성皇恩星 이금李錦   천의성天醫星 전보錢保

지후성地后星 황씨黃氏[은주왕 비]

택룡성宅龍星 희숙덕姬叔德 복룡성伏龍星 황명黃明

역마성驛馬星 뇌개雷開   황번성黃旛星 위분魏賁

표미성豹尾星 오겸吳謙   상문성喪門星 장계방張桂芳

조객성弔客星 풍림風林   구교성勾絞星 비중費仲

권설성卷舌星 우혼尤渾   나후성羅睺星 팽준彭遵

계도성計都星 왕표王豹   비렴성飛廉星 희숙 곤姬叔坤

대모성大耗星 숭후호崇侯虎 소모성小耗星 은파패殷破敗

관삭성貫索星 구인丘引   난간성欄杆星 용안길龍安吉

피두성披頭星 태란太鸞   오귀성五鬼星 등수鄧秀

양인성羊刃星 조승趙升   혈광성血光星 손염홍孫焰紅

관부성官符星 방의진方義眞 고신성孤辰星 여화余化

천구성天狗星 계강季康 병부성病符星 왕좌王佐

찬골성鑽骨星 장봉張鳳 사부성死符星 변금룡卞金龍

천패성天敗星 백현충栢顯忠 부침성浮沉星 정춘鄭椿

천살성天殺星 변길卞吉 세살성歲殺星 진경陳庚

세형성歲刑星 서방徐芳[천운관 총병]

세파성歲破星 조전晁田 독화성獨火星 희숙의姬叔義

혈광성血光星 마충馬忠

망신성亡神星 구양순歐陽淳[임동관 총병]

월파성月破星 왕호王虎 월유성月遊星 석기낭랑石磯娘娘

사기성死氣星 진계정陳季貞 함지성咸池星 서충徐忠

월염성月厭星 요충姚忠 월형성月刑星 진오陳梧

흑살성黑殺星 고계능高繼能 칠살성七殺星 장규張奎

오곡성五穀星 은홍殷洪 제살성除殺星 여충余忠

천형성天刑星 구양천록歐陽天祿 천라성天羅星 진동陳桐

지망성地網星 희숙길姬叔吉 천공성天空星 매무梅武

화개성華蓋星 오병敖丙 십악성十惡星 주신周信

잠축성蠶畜星 황원제黃元濟 도화성桃花星 고난영高蘭英

소추성掃帚星 마씨馬氏[자아 처]

대화성大禍星 이간李艮

낭자성狼藉星 한영韓榮[사수관 총병]

피마성披麻星 임선林善 구추성九醜星 용수호龍鬚虎

삼시성三尸星 살견撒堅 삼시성三尸星 살강撒强

삼시성三尸星 살용撒勇　　음착성陰錯星 금성金成

양차성陽差星 마성룡馬成龍　　인살성刃殺星 공손탁公孫鐸

사폐성四廢星 원홍袁洪　　오궁성五窮星 손합孫合

지공성地空星 매덕梅德

홍염성紅艷星 양씨楊氏[은주왕 비]

유하성流霞星 무영武榮　　과숙성寡宿星 주승朱昇

천온성天瘟星 금대승金大가　　황무성荒蕪星 대례戴禮

태신성胎神星 희숙 례姬叔禮　　복단성伏斷星 주자진朱子眞

반음성反吟星 양현楊顯　　복음성伏吟星 요서량姚庶良

도침성刀砧星 상호常昊　　멸몰성滅沒星 방경원房景元

세염성歲厭星 팽조수彭祖壽　　파쇄성破碎星 오룡吳龍

28수二十八宿[이 중 8명은 수부와 화부에 봉해져 일을 관장함. 모두 만선진에서 사망함]

각목교角木蛟 백림栢林　　두목치斗木豸 양신楊信

규목랑奎木狼 이웅李雄　　정목안井木犴 심경沈庚

우금우牛金牛 이홍李弘　　귀금양鬼金羊 조백고趙白高

누금구婁金狗 장웅張雄　　항금룡亢金龍 이도통李道通

여토복女土蝠 정원鄭元　　위토치胃土雉 송경宋庚

유토장柳土獐 오곤吳坤　　저토학氐土貉 고병高丙

성일마星日馬 여능呂能　　묘일계昴日鷄 황창黃倉

허일서虛日鼠 주보周寶　　방일토房日兎 요공백姚公伯

필월오畢月烏 금승양金繩陽　　위월연危月燕 후태을侯太乙

심월호心月狐 소원蘇元　　장월록張月鹿 설정薛定

수두부천강성36위隨斗部天罡星三十六位[모두 만선진에서 사망함]

천괴성天魁星 고연高衍　　　천강성天罡星 황진黃眞
천기성天機星 노창盧昌　　　천한성天閒星 기병紀丙
천용성天勇星 요공효姚公孝　천웅성天雄星 시회施檜
천맹성天猛星 손을孫乙　　　천위성天威星 이표李豹
천영성天英星 주의朱義　　　천귀성天貴星 진감陳坎
천부성天富星 여선黎仙　　　천만성天滿星 방보方保
천고성天孤星 첨수詹秀　　　천상성天傷星 이홍인李洪仁
천현성天玄星 왕용무王龍茂　천건성天健星 등옥鄧玉
천암성天暗星 이신李新　　　천우성天祐星 서정도徐正道
천공성天空星 전통典通　　　천속성天速星 오욱吳旭
천이성天異星 여자성呂自成　천살성天煞星 임내빙任來聘
천미성天微星 공청龔淸　　　천구성天究星 단백초單百招
천퇴성天退星 고가高可　　　천수성天壽星 척성戚成
천검성天劍星 왕호王虎　　　천평성天平星 복동卜同
천죄성天罪星 요공姚公　　　천손성天損星 당천정唐天正
천패성天敗星 신례申禮　　　천뢰성天牢星 문걸聞傑
천혜성天慧星 장지웅張智雄　천폭성天暴星 필덕畢德
천곡성天哭星 유달劉達　　　천교성天巧星 정삼익程三益

수두부지살성72위隨斗部地煞星七十二位[모두 만선진에서 사망함]

지괴성地魁星 진계진陳繼眞　지살성地煞星 황경원黃景元
지용성地勇星 가성賈成　　　지걸성地傑星 호백안呼百顔
지웅성地雄星 노수덕魯修德　지위성地威星 수성須成

지영성地英星	손상孫祥	지기성地奇星	왕평王平
지맹성地猛星	백유환栢有患	지문성地文星	혁고革高
지정성地正星	고격考鬲	지벽성地闢星	이수李燧
지합성地闔星	유형劉衡	지강성地强星	하상夏祥
지암성地暗星	여혜余惠	지보성地輔星	포룡鮑龍
지회성地會星	노지魯芝	지좌성地佐星	황병경黃丙慶
지우성地祐星	장기張奇	지령성地靈星	곽사郭巳
지수성地獸星	금남도金南道	지미성地微星	진원陳元
지혜성地慧星	차곤車坤	지폭성地暴星	상성도桑成道
지묵성地默星	주경周庚	지창성地猖星	제공齊公
지광성地狂星	곽지원霍之元	지비성地飛星	섭중葉中
지주성地走星	고종顧宗	지교성地巧星	이창李昌
지명성地明星	방길方吉	지진성地進星	서길徐吉
지퇴성地退星	번환樊煥	지만성地滿星	탁공卓公
지수성地遂星	공성孔成	지주성地周星	요금수姚金秀
지은성地隱星	영삼익甯三益	지이성地異星	여지余知
지리성地理星	동정童貞	지준성地俊星	원정상袁鼎相
지락성地樂星	왕상汪祥	지첩성地捷星	경안耿顔
지속성地速星	형삼란邢三鸞	지진성地鎭星	강충姜忠
지기성地羈星	공천조孔天兆	지마성地魔星	이약李躍
지요성地妖星	공천龔倩	지유성地幽星	단청段淸
지복성地伏星	문도정門道正	지벽성地僻星	조림祖林
지공성地空星	소전蕭電	지고성地孤星	오사옥吳四玉

지전성地全星 광옥匡玉　　　지단성地短星 채공蔡公

지각성地角星 남호藍虎　　　지수성地囚星 송록宋祿

지장성地藏星 관빈關斌　　　지평성地平星 용성龍成

지손성地損星 황오黃烏　　　지노성地奴星 공도령孔道靈

지찰성地察星 장환張煥　　　지악성地惡星 이신李信

지혼성地魂星 서산徐山　　　지수성地數星 갈방葛方

지음성地陰星 초룡焦龍　　　지형성地刑星 진상秦祥

지장성地壯星 무연공武衍公　지열성地劣星 범빈范斌

지건성地健星 섭경창葉景昌　지모성地耗星 요엽姚燁

지적성地賊星 손길孫吉　　　지구성地狗星 진몽경陳夢庚

수두부구요성관隨斗部九曜星官[모두 만선진에서 사망함]

숭응표崇應彪　고계평高系平　한붕韓鵬　이제李濟

왕봉王封　　유금劉禁　　왕저王儲　팽구원彭九元

이삼익李三益

북두5기수덕성군北斗五氣水德星君

수덕성水德星 노웅魯雄[수부의 네 정신을 거느림]

기수표箕水豹 양진楊眞　　　벽수유壁水貐 방길청方吉清

삼수원參水猿 손상孫祥　　　진수인軫水蚓 호도원胡道元

　여러 군성과 열수들이 봉칙을 다 받고 나서 머리를 조아려 은혜에 감사드리고 분분히 단을 떠나갔다.

　자아가 또 백감에게 명했다.

　"직년태세直年太歲를 대 아래로 인도하여 봉칙을 받들

게 하라."

잠시 뒤에 은교殷郊와 양임楊任 등이 대 아래에 꿇어앉아 칙명을 받들자 자아가 말했다.

> 이제 태상무극 원시천존의 칙명을 전하노라. 그대 은교는 지난날 은천자의 아들로서 모후의 죽음을 원통해 하여 부왕을 거스르다가 예기치 못한 재앙을 당할 뻔했도다. 나중에 명산에서 수도했지만 스승의 말씀을 어기고 천명을 거역하여 쟁기질하고 호미질당하는 화를 초래했도다. 비록 신공표의 사주를 받았다지만 또한 그대 스스로 지은 허물이로다. 그대 양임은 은천자를 섬기면서 임금께 충언으로 직간하다가 두 눈을 도려내는 고통을 당한 뒤에 주나라에 귀의하여 살신보국했지만 나중에 비명횡사하는 재난을 만났도다. 이는 모두 겁운으로 말미암은 것이었으니 운명은 피하기 어려운 것이로다. 이에 특별히 그대 은교를 집년세군태세지신執年歲君太歲之神에 칙봉하노니, 주년週年을 지키면서 당년當年의 길흉화복을 주관하도록 하라. 또한 그대 양임을 갑자태세지신甲子太歲之神에 칙봉하노니, 그대 부하의 일직정신日直正神들을 이끌고서 온 하늘 성수星宿의 도수度數에 따라 인간세상의 과오를 규찰하도록 하라. 그대들은 삼가 이 직분을 수행하면서 영원히 칙명을 받들지니라!
> 태세부하일직중성太歲部下日直衆星

일유신日遊神 온량溫良　　야유신夜遊神 교곤喬坤

증복신增福神 한독룡韓毒龍　손복신損福神 설악호薛惡虎

현도신顯道神 방필方弼　　　개로신開路神 방상方相

직년신直年神 이병李丙[만선진에서 사망]

직월신直月神 황승을黃承乙[만선진에서 사망]

직일신直日神 주등周登[만선진에서 사망]

직시신直時神 유홍劉洪[만선진에서 사망]

은교 등은 은혜에 감사드린 뒤에 단을 떠났다. 자아가 또 백감에게 명했다.

"왕마王魔 등을 단 위로 인도하여 봉직을 받게 하라."

잠시 뒤에 왕마 등이 대 아래에 꿇어앉아 칙명을 받들자 자아가 말했다.

이제 태상무극 원시천존의 칙명을 전하노라. 왕마 등은 옛날 구룡도에서 대도를 닦았으나 근본수행이 깊지 못하여 못된 자의 사주를 받아 구전현공九轉玄功을 포기하고 도리어 피 묻은 칼날의 고통을 받았도다. 이 역시 스스로 지은 죄과이니 다른 사람을 원망하지 말라. 이에 특별히 그대들을 진수영소보전사성대원수鎭守靈霄寶殿四聖大元帥에 칙봉하노니, 삼가 칙명을 받들어 그대들의 유혼幽魂을 달래도록 하라.

왕마王魔　양삼楊森　고체건高體乾　이흥패李興霸.

왕마 등이 단을 떠나자 자아가 또 백감에게 명했다.

"조공명趙公明 등을 단 위로 인도하여 봉칙을 받게 하라."

잠시 뒤에 조공명 등이 꿇어앉아 칙명을 받자 자아가 말했다.

이제 태상무극 원시천존의 칙명을 전하노라. 그대 조공명은 지난날 대도를 닦아 이미 삼승三乘의 근본수행을 이루어 선향仙鄕에 깊이 들어갔으나 마음속의 열화는 어쩔 수 없었으며, 덕업은 고고히 청정했지만 결국 망령된 지경에 얽혀들고 말았도다. 한번 악의 구렁텅이에 빠지면 진정한 도로 돌아올 길이 없도다. 살아서 대라천의 경계에 들어가지 못했으니 죽어서나마 금고金誥의 봉칙을 받도록 하라. 이에 그대를 금룡여의정일용호현단진군지신金龍如意正一龍虎玄壇眞君之神에 칙봉하노니, 부하의 네 정신을 거느리고서 상서로움과 복을 맞아들여 뒤늦게나마 멸망의 길에서 벗어나도록 하라. 삼가 이를 행할지니라!

초보천존招寶天尊 소승蕭昇

납진천존納珍天尊 조보曹寶

초재사자招財使者 진구공陳九公

이시선관利市仙官 요소사姚少司

조공명 등이 은혜에 감사드린 뒤에 단을 떠났다. 자

아가 또 백감에게 명했다.

"마가魔家의 네 장수를 단 위로 인도하여 봉칙을 받게 하라."

잠시 뒤에 마례청 형제들이 대 아래에 꿇어앉아 칙명을 받들자 자아가 말했다.

이제 태상무극 원시천존의 칙명을 전하노라. 그대 마례청 등은 비전秘傳받은 진기한 보물에 의지하여 천명을 거역했으며 형제가 한 몸이 되어 무고한 사람을 살육했도다. 비록 그 충절은 가상하나 겁운은 피하기 어려워 동시에 같이 죽어 멸망에 이르렀도다. 이제 특별히 그대들을 사대천왕四大天王의 직에 칙봉하노니, 서방의 교전敎典을 보필하고 지·수·화·풍의 상相을 세워 호국안민하면서 풍조우순風調雨順의 권세를 주관하라. 새로운 칙명을 거스르지 말고 그 직분을 영원히 수행하라.

증장천왕增長天王 마례청魔禮靑. 청광보검淸光寶劍을 관장. 풍직風職.

광목천왕廣目天王 마례홍魔禮紅. 벽옥비파碧玉琵琶를 관장. 조직調職.

다문천왕多文天王 마례해魔禮海. 혼원진주산混元珍珠傘을 관장. 우직雨職.

지국천왕持國天王 마례수魔禮壽. 자금용화호초紫金龍花狐貂를 관장. 순직順職.

마례청 등이 머리 조아려 은혜에 감사드린 뒤에 단을 떠났다. 자아가 또 백감에게 명했다.

"정륜鄭倫 등을 단 위로 인도하여 봉칙을 받게 하라."

잠시 뒤에 정륜 등이 대 아래에 꿇어앉아 칙명을 받들자 자아가 말했다.

이제 태상무극 원시천존의 칙명을 전하노라. 그대 정륜은 은천자를 버리고 주나라에 귀의하여 어진 신하로서 진정한 군주를 만나 군량미를 수송하느라 험한 길을 오가면서 심한 수고를 했으나, 영화를 누려보지도 못하고 도리어 양구陽九의 재앙을 당하고 말았도다. 그대 진기陳奇는 조민벌죄弔民伐罪하는 주무왕의 군대를 막아 비록 천명을 어기기는 했으나 나라에 바친 그 충절만큼은 실로 가상하도다. 그러나 결국 겁운에 휘말리고 말았으니 이제 와서 깊이 한탄한들 아무 소용없도다. 이에 특별히 그대들 가슴속의 훌륭한 재주를 가상히 여겨 봉직을 내리노라. 그대들에게 서석西釋의 산문을 지키고 교화를 널리 펼치고 법보를 보위하는 형합이장지신哼哈二將之神에 칙봉하노니, 그대들은 칙명을 받들어 그 직분을 삼가 수행토록 하라.

정륜과 진기가 은혜에 감사드린 뒤에 단을 떠나갔다. 자아가 또 백감에게 명했다.

"여화룡余化龍 부자를 단 위로 인도하여 봉칙을 받게

하라."

잠시 뒤에 여화룡 등이 단 아래에 꿇어앉아 칙명을 받들자 자아가 말했다.

이제 태상무극 원시천존의 칙명을 전하노라. 그대 여화룡 부자는 고립된 성을 지키면서 충절을 다 바치다가 일족이 죽음의 재난을 만났으니 영화로운 봉직을 받을 만하도다. 이에 그대들에게 새로운 칙명을 내려 상천의 이치를 돕게 하노라. 그대에게 인간의 질병을 관장하고 생사의 장단을 주관하고 음양의 순역을 다스리고 조화의 원신元神을 세우는 주두벽하원군지신主痘碧霞元君之神에 칙봉하노니, 오방두신五方痘神을 거느리고 그대의 뜻에 따라 시행하라. 아울러 그대의 부인 금씨金氏를 위방성모원군衛房聖母元君에 칙봉하노니, 함께 새로운 칙명을 받들어 그 직분을 삼가 수행토록 하라!

오방주두정신五方主痘正神

  동방주두정신東方主痘正神 여달余達

  서방주두정신西方主痘正神 여조余兆

  남방주두정신南方主痘正神 여광余光

  북방주두정신北方主痘正神 여선余先

  중앙주두정신中央主痘正神 여덕余德

여화룡 등이 은혜에 감사드린 뒤에 단을 떠나갔다.

자아가 또한 백감에게 명했다.

"삼선도三仙島의 운소雲霄·경소瓊霄·벽소碧霄를 대로 인도하여 봉칙을 받게 하라."

잠시 뒤에 운소 등이 대 아래에 꿇어앉아 칙명을 받들자 자아가 말했다.

이제 태상무극 원시천존의 칙명을 전하노라. 그대 운소 등은 선도仙島에서 수도하여 비록 밤낮으로 열심히 공을 쌓았지만, 득도하여 대라천의 피안에 오르지는 못했도다. 또한 오라비의 말을 듣지 않고 금전金剪을 빌려주어 무고한 목숨을 해쳤으며, 운명을 거역한 채 황하진을 펼쳐 올바른 도인들을 사로잡아 역대의 문도들에게 금두金斗의 화를 입힘으로써 삼화三花의 원기를 잃게 했도다. 나중에는 속인이 되어 더욱 많은 사단을 일으켰으나 마음에는 업보에 대한 후회가 없었도다. 그러나 이제 혜전惠典을 베풀어 영광스런 봉직을 내리노라. 그대들은 혼원금두混元金斗를 가지고 선천과 후천을 오로지 맡아 무릇 신선·범인·성인·제후·천자·귀인·천인·현인·우인들을 막론하고 모두 금두의 조화에 따라 다스리도록 하라. 이에 감응수세선고정신感應隨世仙姑正神의 지위에 칙봉하노니, 그대들은 이 칙명을 받들어 직분을 성실히 수행토록 하라"

세 선고仙姑가 봉칙을 다 받고 머리 조아려 은혜에 감

사드린 뒤에 단을 떠났다. 자아가 또 백감에게 명했다.

"신공표申公豹를 대 위로 인도하여 봉칙을 받게 하라."

잠시 뒤에 신공표가 대 아래에 꿇어앉아 칙명을 받들자 자아가 말했다.

이제 태상무극 원시천존의 칙명을 전하노라. 그대 신공표는 천교에 귀의했으면서도 오히려 천명을 거역하는 자를 돕고 천명을 따르는 자를 가로막았으며, 이미 사로잡혔을 때도 또한 거짓맹세를 하여 과오를 변명했도다. 몸은 비록 북해에 갇혔지만 지난 허물을 씻기는 어렵도다. 그러나 도덕을 수양한 고생을 생각하여 영광스런 봉직을 내리노라. 이에 그대를 분수장군分水將軍의 직에 칙봉하노니, 동해를 관장하여 아침에는 일출을 보게 하고 저녁에는 천하天河를 돌게 하며 여름에는 흐르게 했다가 겨울에는 얼게 하면서 1년 내내 반복하도록 하라. 그대는 이 직분을 게을리 말고 영원히 칙명을 삼가 받들지니라!

신공표가 은혜에 감사드린 뒤에 단을 떠났다.

자아는 365정신正神에 대한 칙봉을 끝마치고서 여러 정신들이 각자 봉직을 받고 떠나는 것을 보았다. 잠시 뒤 봉신대 주변에 불던 음산한 바람이 모두 그치고 참담한 운무가 맑게 걷히면서 중천에 붉은 태양이 나타나고 온화한 바람이 불어왔다. 자아가 단을 내려와 남궁괄에게 명했다.

"온 조정의 대소 문무관원을 모아 기산으로 와서 분부를 기다리도록 하라."

남궁괄이 명을 받들고 급히 말에 올라 날듯이 내달렸다.

다음날 여러 관리들이 줄지어 모두 단 아래에 이르러 기다렸다. 잠시 뒤에 자아가 군막에 올랐다. 여러 관리들이 모두 군막으로 나아와 배알을 마치자 자아가 명을 내렸다.

"비렴과 악래를 끌고 오라."

그러자 비렴과 악래가 깜짝 놀라 일제히 소리쳤다.

"우리는 죄가 없습니다!"

그러나 자아가 웃으며 말했다.

"너희 두 역적은 임금을 미혹하고 정치를 어지럽혔으며 충직하고 어진 신하를 해쳐서 성탕의 사직을 멸망케 함으로써 그 죄악이 차고 넘치니 죽더라도 여죄가 남을 것이로다. 지금 나라가 망하고 임금이 죽었는데도 보물을 바쳐 제 한 몸의 편안함을 구하고 주나라에서 벼슬하여 후한 봉록을 누리길 바라고 있도다. 지금 새로운 천자께서 삼가 빛나는 명을 받드시어 만국이 유신維新에 힘쓰고 있으니, 어찌 너희 같은 불충불의한 역적을 세상에 용납하여 새로운 정치에 부끄러움을 끼치게 할 수 있겠느냐!"

이어 좌우에 명했다.

"끌고 나가 참수하여 국법을 바르게 하라!"

두 사람은 고개를 숙인 채 아무 말이 없었다. 좌우에서 그들을 끌고 대군영 밖으로 나갔다.

武王封列國諸侯

무왕이
열국의 제후를 봉하다

 자아가 비렴飛廉과 악래惡來를 참수하라고 명하자, 좌우의 기문관이 두 사람을 끌고 대군영 밖으로 나가 참수하여 목을 매단 뒤에 돌아와 자아에게 복명했다. 자아는 다시 봉신대로 가서 탁자를 치면서 소리쳤다.

 "청복신 백감은 어디 있느냐? 속히 비렴과 악래의 혼백을 단 앞으로 인도하여 봉칙을 받게 하라!"

 잠시 뒤에 청복신이 인혼번으로 비렴과 악래를 단 아래로 인도하여 꿇어앉아 칙명을 받들게 했다. 단 아래에 엎드린 두 혼백을 보니 처량함이 지극했다.

자아가 말했다.

이제 태상무극 원시천존의 칙명을 전하노라. 그대 비렴과 악래는 생전에 간사함과 아첨으로 군주의 귀를 미혹시켜 나라와 임금을 패망케 하고서도 구차하게 살아남기를 바랐도다. 다만 보물을 훔쳐 일신의 영화로움만 추구할 줄 알았지 어찌 법망에 빈틈이 없다는 것을 알았겠는가? 이미 바른 법으로 처형당했으니 저승에 기록되는 것이 마땅하도다. 이 모든 것은 스스로 지은 죄과이며 또한 겁운을 만날 운명이었도다. 이에 특별히 그대들을 빙소와해지신(冰消瓦解之神)에 칙봉하노니, 비록 악귀가 되었지만 마땅히 그 직분을 삼가 수행하면서 다시는 흉악한 칼날을 함부로 쓰지 말도록 하라. 그대들은 이를 삼가 받들어 시행하라!"

비렴과 악래가 봉칙을 받고 나서 머리 조아려 은혜에 감사드린 뒤에 단을 떠나갔다.

자아가 봉신의 일을 마치고 대를 내려와 문무백관을 이끌고 서기로 돌아갔다. 훗날 시가 있어 이를 읊었다.

천리의 순환은 구르는 수레와 같으니,
성공과 실패는 더욱 어긋남이 없도다.
끊임없는 생장과 소멸은 진정 감탄할 만하고,
반복되는 흥성과 쇠망은 진실로 탄복할 만하네.

하나라 걸왕은 남소로 방축되었으니 바람 속의 촛불이요,
은나라 주왕은 불타 죽었으니 풍랑 속의 꽃이로다.
고금 이래로 조민벌죄弔民伐罪는 모두 이러했으니,
오로지 충혼만이 지는 해에 의지하네.

다음날 아침조회 때 천자가 대전에 올랐는데, 진정도가 높은 천자답게 운무가 허공을 가로지르고 상서로운 안개가 아스라이 퍼졌다. 또한 떠오르는 해가 찬란히 빛나고 상서로운 구름이 채색으로 수놓았다. 패옥소리 딸랑거리면서 관리들의 소맷자락이 맑은 바람에 춤을 추고, 뱀과 용의 희롱하는 그림자처럼 사방의 어장御帳이 아침 해를 맞이했다.

정편을 세 번 소리내어 조정의 반열을 정돈하자 문무백관들이 모두 "만세!"의 환성을 외쳤다. 정편靜鞭은 천자의 의장으로 채찍모양으로 생겼으며, 휘둘러 소리내어 사람들을 정숙시키는 것이다.

천자가 대전에 오르자 당가관이 어지를 전했다.

"상주할 일이 있으면 출반하여 아뢰고 일이 없으면 발을 걷고 산회토록 하시오."

말이 미처 끝나기도 전에 반열 중에서 자아가 나서며 엎드리자 천자가 물었다.

"상보께서는 짐에게 무슨 아뢸 일이 있습니까?"

"노신이 어제 스승의 명을 받들어 충신과 어진 장수와 무도한 신선과 간신의 무리들을 모두 겁운에 의하고 옥칙玉勅에 따라 하나하나 신위를 정해 주어, 모두들 각자 직분을 부여받고 제사를 흠향하면서 호국안민하고 풍조우순風調雨順의 권세와 선악화복의 권한을 관장하게 되었습니다. 이제부터는 영원히 청정함을 지켜 다시는 폐하의 심려를 수고롭게 하지 않을 것입니다. 다만 천하의 제후들과 정벌을 수행한 공신과 명산동부의 문도들은 일찍이 몸소 창칼을 무릅쓰고서 모두 혈전의 공을 세웠습니다."

자아는 숨을 고르고 차근차근 말했다.

"지금 천하가 이미 평정되었으니 마땅히 국토를 분봉하고 작록을 봉해 주어 자손대대로 그 국토를 누리면서 숭덕보공崇德報功의 뜻을 밝히게 해야 합니다. 친왕의 자손들 또한 번국藩國에 봉하여 왕실을 튼튼히 해야 합니다. 옛날 상고시대 삼황오제의 후예에게도 또한 토지를 분봉하여 그 지고한 공에 보답해야 합니다. 이는 모두 폐하께서 가장 먼저 힘써야 할 일이오니 촌각도 지체 마시고 시행하심이 마땅할 것입니다."

"짐도 그러한 마음을 가진 지 오랩니다. 다만 상보께

서 봉신의 일을 다 마치지 못했기에 잠시 늦춘 것일 뿐입니다. 이제 상보께서 이미 돌아오셨으니 상보의 말씀대로 시행하겠습니다."

천자가 말을 마치자 이정과 양전 등이 출반하여 아뢰었다.

"신들은 본래 심산유곡에 거하던 자들로서 스승의 법지를 받들고 하산하여 겁운을 도와 화란을 평정했습니다. 이제 천하가 이미 태평하게 되었으니 신들은 산으로 돌아가 스승께 복명함이 마땅합니다. 무릇 속세의 부귀·공명·작록 등은 신들이 바라는 바가 아닙니다. 이제 폐하께 하직인사를 올리고자 하오니 폐하께서 신들에게 산으로 돌아갈 것을 명하신다면 진정 크나큰 홍은이 되겠습니다."

"짐은 경들의 천지를 휘어잡는 힘과 욕일보천浴日補天하는 재주 덕분에 영원히 화란을 깨끗이 평정하고 다시 우주를 밝게 열었으니, 사직과 생민에 대한 그 공은 진실로 끝이 없소이다. 비록 집집마다 제사를 받들어 모신다 하더라도 그 공로에 보답하기는 부족할 터인데, 어찌하여 이렇게 갑자기 짐을 버리고 산으로 돌아간단 말이오? 짐이 어찌 차마 돌아가게 하겠소!"

"신 등은 폐하의 인후하신 은덕을 오랫동안 받았으

나, 성품이 고요하고 담박하여 본래 산야에 뜻을 두었습니다. 또한 스승님의 명은 어기기 어려우니 천심을 어찌 감히 거역하겠습니까? 바라건대 폐하께서 측은하게 여기시어 허락해 주신다면 신 등은 그 기쁨을 가누지 못할 것입니다!"

천자는 한껏 슬픔이 북받쳐 올라 말했다.

"지난날 짐을 따라 처음 정벌에 나섰을 때 수많은 충신과 의사들이 운집했으나, 뜻밖에 중도에서 왕사王事를 행하거나 정벌을 수행하다가 죽은 사람이 헤아릴 수 없소. 지금 생존해 있는 사람들도 몹시 쇠락하여 짐은 금석今昔의 감회를 누를 길이 없소. 이제 경들은 태평성대를 만났으니 짐과 함께 강녕康寧의 복을 누림이 마땅한데도 한사코 산으로 돌아가겠다고 청하니, 짐은 천 번이라도 붙잡고 싶으나 경들의 평소 뜻을 어길까 싶어 하는 수 없이 경들의 청을 허락하오. 허나 마음은 천 근이요. 내일까지만 기다리면 짐이 백관들과 함께 직접 남쪽 교외로 나가 전별할 터이니, 조금이나마 그 동안 함께 고생했던 정을 풀도록 하시오."

이정 등이 성은에 감사드리고 몸을 일으키자 백관들이 모두 슬퍼했다. 자아도 일곱 장수들이 산으로 돌아간다는 말에 서운한 마음에 눈시울이 붉어졌다.

다음날 광록시光祿寺 전선관典膳官이 먼저 남쪽 교외로 가서 구룡석을 깔고 만반의 준비를 했다. 문무백관들은 이정 등과 함께 먼저 남쪽 교외로 가서 어가를 기다리고 있었고, 자아만 조정에서 남아 천자의 어가를 기다렸다가 함께 떠나고자 했다.

"난여鑾輿를 출발하도록 하라."

자아가 뒤를 따랐다. 온 길에 향 연기가 가득하고 상서로운 광채가 분분했다. 백성들은 기뻐하면서 모두 천자와 여러 선인들의 전별식을 구경하러 몰려왔다. 온 성안 백성들이 모두 교외에 운집한 듯했다.

마침내 천자가 남쪽 교외에 이르자 문무백관들이 앞으로 나아와 어가를 영접했으며, 이정 등이 다시 앞으로 나아가 머리를 조아려 아뢰었다.

"비록 신 등이 작은 공덕을 이루었다 하나 이렇게 폐하께서 친히 전별식에 임하시니 몸 둘 바를 모르겠습니다. 신 등은 감격하여 눈물이 앞섭니다."

천자가 장수들의 손을 부여잡으면서 위로했다.

"오늘 경들이 산으로 돌아가면 세상 밖의 신선이 되니 짐과 경들은 더 이상 군신관계가 아니오. 그러니 경들은 지나치게 겸손해 하지 마시오. 오늘 마음껏 마시고 실컷 취하여 경들이 떠나가는 모습조차 보지 못한다 하더라도 사양치 않겠소. 그러지 않고서야 어찌 이 서글픈 이별의 아픔을 참아내겠소!"

이정 등이 돈수백배하며 황송해 했다. 잠시 뒤 당가관이 보고했다.

"술자리가 이미 마련되었습니다."

천자가 명하여 풍악을 울리게 하자 관리들이 모두 차례에 따라 자리했다. 퉁소와 피리가 울리자 군신이 한데 어울려 술잔을 돌렸다. 즐겁고도 즐거운 자리였다.

군신이 그렇게 한참을 마셨을 때, 이정 등이 자리에서 나와 작별을 고하자 천자도 일어나 장수들의 손을 잡고 재삼 몇 잔의 술을 권했다. 이정 등이 한사코 떠나려 하자 천자는 더 이상 붙잡을 수 없음을 알고 이별을 아쉬워 했다.

이정 등이 천자를 위로하여 말했다.

"폐하께서 천화天和의 지키심이 절실하시니 신 등은 그 흐뭇함을 가늠할 수 없습니다. 훗날 좋은 곳에서 다시 만날 것을 진심으로 기원하옵니다."

천자는 하는 수 없이 그들을 떠나보냈다. 자아는 차마 그냥 헤어지지 못하여 다시 멀리까지 따라나서며 전송했다.

나중에 이정·금타·목타·나타·양전·위호·뇌진자

등 일곱 사람은 모두 육신이 성체聖體를 이루었다.

다음날 아침조회 때 천자가 대전에 오르자, 자아와 주공 단周公旦이 출반하여 아뢰었다.

"폐하께서 이정 등에게 귀산하도록 허락하시어 그들의 수행의 바람을 이루어주심에 신 등은 기쁨을 가누지 못했습니다. 하오나 마땅히 분봉을 받아야 할 공신들이 있으니 폐하께서는 속히 이를 시행하시어 신하들의 바람을 이루게 하소서."

"일곱 장수들이 귀산하는 바람에 마음이 아파 짐이 경황이 없었소. 이제 모든 분봉의례分封儀禮를 상보와 어제御弟의 뜻에 따라 시행하리다."

다음날 보좌에 오른 천자는 어제인 주공 단에게 명하여 금전金殿 위에서 이름을 부르며 책봉케 했다. 먼저 왕조고王祖考를 추모하여 태왕太王과 왕계王季, 그리고 문왕文王을 모두 천자에 추증했으며, 그 나머지 공신들과 선조 제왕의 후예들을 모두 공公·후侯·백伯·자子·남男의 다섯 등급에 따라 봉작을 내렸다. 그리고 다섯 등급에 미치지 못하는 자들은 속국으로 삼았다. 서열을 다 정하고 나서 주공 단이 마침내 호명했다.

분봉된 열후의 국호와 성명은 다음과 같다.

노魯[희姬성. 후작] : 주문왕의 넷째아들 주공 단은 문왕·무왕·성왕成王을 보좌하여 천하에 대공훈을 세움. 나중에 성왕이 그를 태재太宰로 임명하여 부풍扶風 옹현雍縣 동북의 주성周城을 식읍으로 하사하고 주공이라 부르며 천자를 보필하면서 섬陝 이동의 제후를 관장케 함. 이에 그 장자 백금伯禽을 사방 7백 리의 곡부曲阜에 봉하고 보석과 대궁大弓을 하사했으며, 노나라를 다스리면서 주왕실을 보필케 함.

제齊[강姜성. 후작] : 염제炎帝의 후예 백익伯益이 4악岳이 되어 우禹를 도와 수토水土를 다스리는 데 공을 세우자, 강씨 성을 하사하고 여후呂侯라 부름. 그 나라는 남양南陽 완현宛縣 서남에 위치. 태공太公 여망呂望이 위수渭水에서 몸을 일으켜 문왕과 무왕의 스승이 되었으므로 사상보師尙父라 부름. 문왕과 무왕을 도와 천하를 평정하는 데 대공을 세웠으므로 영구營丘에 봉하고 제후齊侯로 삼아 5후侯 9백伯의 첫째에 둠.[지금의 산동 청주부靑州府에 위치]

연燕[희姬성. 백작] : 주왕실과 동성공신인 군석君奭. 문왕과 무왕을 도와 천하를 평정하는 데 대공을 세우고 주나라의 태보太保가 됨. 소召를 식읍으로 받았으므로 소강召康이라 함. 천자를 모시면서 섬陝 이서의 제후를 관장함. 이에 그의 아들을 북연백北燕伯으로 삼음.[지금의 유주幽州 계현薊縣에 위치]

위魏[희姬성. 백작] : 주왕실과 동성공신인 필공 고畢公高. 문왕과 무왕을 도와 천하를 평정하는 데 대공을 세워 위국魏國에 봉해짐.[지금의 하남河南 개봉부開封府 고밀현高密縣에 위치]

관管[희성. 후작] : 무왕의 동생인 희숙 선姬叔鮮. 무경武庚을 감독하기 위하여 관에 봉해짐.[지금의 하남 신양현信陽縣에 위치]

채蔡[희성. 후작] : 무왕의 동생 희숙 도姬叔度. 무경을 감독하기 위하여 채에 봉해짐.[지금의 하남 여녕부汝寧府 상채현上蔡縣 위치]

조曹[희성. 백작] : 무왕의 동생인 희숙 진탁姬叔振鐸. 무왕이 상商을 치고 조에 봉함.[지금의 제양濟陽 정도현定陶縣에 위치]

성成[희성. 백작] : 무왕의 동생인 희숙 무姬叔武. 무왕이 상을 치고 성에 봉함.[지금의 산동 연주부兗州府 문상현汶上縣에 위치]

곽霍[희성. 백작] : 무왕의 동생인 희숙 처姬叔處. 무왕이 상을 치고 곽에 봉함.[지금의 산서 평양부平陽府에 위치]

위衛[희성. 후작] : 무왕의 친동생으로 대사구大司寇에 봉하고 강康을 채읍采邑으로 하사했으므로 강숙康叔이라 부르고 위에 봉함.[지금의 북경 기주冀州에 위치]

등滕[희성. 후작] : 무왕의 동생인 희숙 수姬叔繡. 무왕이 상을 치고 등에 봉함.[지금의 산동 장구현章邱縣에 위치]

진晉[희성. 후작] : 무왕의 막내아들인 당숙 우唐叔虞. 당唐에 봉했다가 나중에 진으로 고침.[지금의 산서 평양부平陽府 강현絳縣 동쪽 익성翼城에 위치]

오吳[희성. 자작] : 주태왕太王의 장자 태백泰伯의 후손. 무왕이 상을 치고 오에 봉함.[지금의 오군吳郡에 위치]

우虞[희성. 공작] : 주태왕의 아들 중옹仲雍의 후손. 무왕이 상을 치고 태백과 중옹의 후손을 찾아 장이章已를 오군吳君으로 삼고 따로 우에 봉함.[지금의 하동 태양현太陽縣에 위치]

곽虢희성. 공작] : 왕계王季의 아들이자 문왕의 동생인 곽중虢仲. 곽중과 곽숙이 문왕의 경사卿士가 되어 왕실을 위해 세운 공훈이 맹부盟府에 보관되어 있음. 문왕은 두 동생을 우애하여 2곽虢이라 부름. 무왕이 상을 치고 곽중을 홍농弘農에 봉함.[섬현陝縣 동남의 곽성에 위치]

초楚[미羋성. 자작] : 전욱顓頊의 후예인 육웅鬻熊. 문왕과 무왕의 스승이 되어 왕실에서 공로를 세웠으므로 형만荊蠻에 봉해졌으며 자작과 남작의 첫째에 거함.[지금의 단양丹陽 남군南郡 지강현枝江縣에 위치]

허許[강姜성. 남작] : 요堯의 4악岳 백이伯夷의 후예. 선조가 공을 세웠으므로 무왕이 상을 치고 그 후예 문숙文叔을 허에 봉함.[지금의 허주許州에 위치]

진秦[영嬴성. 백작] : 전욱의 후예. 선조에게 공이 있어 무왕이 상을 치고 그 후예 백예栢翳를 진에 봉함.[지금의 섬서 서안부西安府에 위치]

거莒[영성. 자작] : 소호少昊의 후손. 선조에게 공이 있어 무왕이 상을 치고 그 후예 자여기玆與期를 거성莒城에 봉함.[지금의 거현莒縣에 위치]

기紀[강姜성. 후작] : 태공의 둘째아들. 무왕이 태공의 공을 기려 기에 분봉함.[지금의 동완東莞 극현劇縣에 위치]

주邾[조曹성. 자작] : 육종陸終의 다섯째아들 안안晏安의 후손. 무왕이 상을 치고 그 후예 조협曹挾을 주에 봉함.[지금의 산동 추현鄒縣에 위치]

설薛[사仕성. 후작] : 황제黃帝의 후손. 선조에게 공이 있어 무왕이 상을 치고 그 후예 해중奚仲을 설에 봉함.[지금의 산동 기주沂州에 위치]

송宋[자子성. 공작] : 상왕商王 제을帝乙의 장서자長庶子 미자계微子啓. 주천자가 무도하자 제기를 품에 안고 주나라로 귀순함. 무왕이 상을 치고 미자를 송에 봉함.[지금의 휴양현睢陽縣 위치]

기杞[사姒성. 백작] : 하나라 우왕禹王의 후손. 무왕이 상을 치고 나서 하나라 우왕의 후예를 찾아 동루공東樓公을 기에 봉하여 우왕의 제사를 모시게 함.[지금의 개봉부 옹구현雍丘縣에 위치]

진陳[규嬀성. 후작] : 황제 순舜의 후예. 그 후손 알보閼父가 무왕을 도와 그릇과 기물 등을 잘 만들어 무왕이 신임함. 무왕의 원녀元女 대희大姬가 그의 아들 만滿에게 시집감. 진에 봉하여 순임금의 제사를 모시게 함.[그 땅은 태호太皞의 구릉으로 지금의 진현陳縣에 위치]

초焦[이기伊耆성. 후작] : 신농神農의 후손. 선조에게 공이 있어 무왕이 상을 치고 초에 봉함.[지금의 홍농弘農 섬현陝縣에 위치]

계薊[희성. 후작] : 요임금의 후예. 무왕이 상을 친 뒤 그 후손을 찾아 계에 봉하고 요임금의 제사를 모시게 함.[지금의 북경 순천부順天府에 위치]

고려高麗[자子성] : 상왕商王의 후손이자 은殷의 현신인 기자箕子. 주나라의 신하가 되려 하지 않았기에 무왕이 법기를 청하자 「홍범구주洪範九疇」 한 편을 진언하고 요동으로 떠남.[지금 그 자손이 조선국朝鮮國을 이룸]

그 친왕·공신·제왕의 후예를 모두 72개국에 봉했는데, 이상은 그 중 가장 대표적인 것들이다. 그 나머지 월越은 회계會稽에 봉하고, 향向은 초국譙國에, 범凡은 급군汲郡에, 백伯은 동평東平에, 고郜는 제음濟陰에, 등鄧은 뇌천賴川에, 융戎은 진류陳留에, 예芮는 풍익馮翊에, 극極은 속국으로, 곡穀은 남양南陽에, 모牟는 태산泰山에, 갈葛은 양국梁國에, 예郳는 속국으로, 담譚은 평릉平陵에, 수遂는 제북濟北에, 활滑은 하남河南에, 장鄣은 동평東平에, 형邢은 양국襄國에, 강江은 여남汝南에, 기冀는 피현皮縣에, 서徐는 하비下邳에, 서舒는 여강廬江에, 현弦은 익양弋陽에, 회郐는 낭아琅玡에, 여厲는 의양義陽에, 항項은 여음汝陰에, 영英은 초楚에 부속시키고, 신申은 남양南陽에, 공共은 급군汲郡에, 이夷는 성양城陽에 봉했는데 자세한 내력은 기록하지 않는다.

또한 남궁괄·산의생·굉요 등도 각각 국토를 분봉받았으나 각기 차등이 있었다.

그날 대연회를 베풀어 공신·친왕·문무백관을 치하했다. 또한 창고를 열어 금은보화를 모두 제후들에게 나눠 주었다. 사람들은 모두 흥겨운 연회에 기분 좋게 취한 뒤 흩어졌다.

다음날 각각 성은에 감사하는 표문을 올리고 천자께 작별을 고한 뒤 모두 본국으로 돌아갔다. 오직 주공 단과 소공 석召公奭만이 조정에 남아 왕실을 보필했다.

천자가 이에 주공에게 말했다.

"호경鎬京은 천하의 중심이므로 진정 제왕의 도읍지로다."

이윽고 소공에게 명하여 호경으로 천도케 하니, 바로 지금의 섬서 서안부西安府 함양현咸陽縣이 바로 그곳이다.

천자가 자아에게 말했다.

"상보께서는 연로하셔서 조정에 계시기 불편하겠습니다."

그러고서 궁녀·황금과 촉 지방의 비단 등 하사물을 후하게 주었다. 이어 국가위엄의 상징인 황월黃鉞과 백모白旄를 하사하여 정벌을 전담케 했다. 또한 제후들의 우두머리로 삼았으며 자기의 봉토로 돌아가 평강平康한 복을 누리게 했다.

다음날 자아가 입조하여 하사한 물건에 감사를 올리고 나서 작별을 고한 뒤 나라를 떠났다. 천자가 백관을 거느리고 남쪽 교외에서 전송하자, 자아가 머리 조아려 성은에 감사드리면서 말했다.

"신은 폐하께서 내리신 봉국으로 떠나 아침저녁으로 폐하를 받들어 모실 수 없게 되었으니, 오늘 한번 이별하면 어느 때나 다시 천안天顏을 뵈올 수 있을는지요!"

말을 마치고 슬픔을 가누지 못하자 천자가 위로하여 말했다.

"짐은 상보께서 연로하시고 왕실을 위해 노고가 크기에 상보를 봉국으로 가시게 하여 평강의 복을 누리게 한 것입니다. 그리함으로써 더 이상 조석으로 고생케 하지 않도록 하려는 것입니다."

"폐하께서 신을 염려해 주심이 이토록 지극하시니 신은 장차 어찌 폐하의 성은에 보답해 드려야 할는지요!"

그날 군신이 이별함에 자아는 천자와 백관들이 성으로 들어가는 것을 전송한 뒤에 비로소 길을 떠나 제齊나라로 떠났다.

강태공은 제나라에 이르러 생각했다.

'옛날 하산하여 조가에 당도했을 때 송 이인宋異人으로부터 많은 은혜를 입었었는데, 왕사王事에 어려움이 많아 여태껏 한번도 찾아뵙지 못했구나. 이제 천하가 이미 평정되었으니 이때를 틈타 찾아뵙지 않는다면 영원히 은의를 저버린 사람이 되겠구나.'

사신 한 명을 보내 황금 천 근과 비단옷과 옥백玉帛과 장문의 편지 한 통을 가지고 먼저 조가로 가서 송 이인에게 인사 여쭙게 했다. 사신이 제나라를 떠나 줄곧 달려 하루 만에 어느덧 조가에 당도했다.

그때 송 이인은 부인이 이미 죽고 아들이 가산을 꾸려가고 있었는데, 옛날보다 몇 배나 더 부자가 되어 있었다. 송 이인은 그날 예물을 받고 회답을 써주어 사신을 돌려보내 강태공에게 복명케 했다.

강태공은 제나라를 다스리는 데 법도가 있었으며 때를 가려 백성들을 부렸다. 그리하여 5개월 만에 제나라가 크게 안정되었다. 나중에 자아가 죽자 공자公子 조竈가 왕위를 계승했으며, 소백小白에 이르러서는 관중管仲을 재상으로 삼아 천하를 영도했는데, 이러한 사실은 『춘추春秋』에 실려 전한다.

한편 천자는 서쪽 장안長安에 도읍을 정하고 겸손하게 정치하여 4해가 태평해지고 만민이 즐거이 생업에 종사하는 등 천하가 태평을 구가하면서 제왕의 법도에 순응했다. 진정 단 한번의 정벌로 천하를 크게 평정시켰으니 결코 요순에 손색이 없다 하겠다.

강태공이 나라의 기틀을 열고 주공이 이를 잘 보필하여 마침내 주나라 8백 년의 왕업이 달성되었던 것이다. 그래서 자아와 주공의 뛰어난 공훈이 천지에 가득하게 되었다.

자아가 장수를 목 베어 봉신하고 주나라의 빛나는

왕업을 개척한 것을 찬미한 후인의 시가 있다.

　　보부寶符와 비록祕錄은 하늘에서 나온 것이니,
　　장수를 목 베어 봉신한 것은 지난 죄과에 대한 응보라네.
　　곤륜에서 내린 칙명을 삼가 받들어,
　　명부와 공적부에 공정하게 기록했네.
　　두斗·온瘟·뇌雷·화火를 앞뒤로 나누고,
　　신神·귀鬼·인人·선仙을 마음대로 다루었네.
　　이로부터 수행으로 조화에 의지하여,
　　은천자를 쳐없애고 피비린내를 씻었다네.

　또한 주공이 성왕을 잘 보필하여 내란을 능히 다스림으로써 개국의 지대한 공을 세웠으며 열 명의 어진 신하들이 그를 도운 것을 찬양한 시가 있다.

　　천지天池의 지류는 족히 상서로움을 받들 만하니,
　　위대한 책모策謨를 이어받아 시행함에 더욱 뛰어나도다.
　　어찌 귀인이라고 해서 그것을 빌미로
　　검을 좇아 종묘를 짓밟을 수 있으리?
　　만방을 화합하고 보좌하여 난국을 다스릴 수 있었으니,
　　전례典禮에서 모두들 집 잘 짓는 담비라고 칭했네.
　　모름지기 주나라에는 음복蔭福이 많아,
　　하늘에서 열 명의 어진 신하를 보내 도와주었다네.

등장인물 소개

강상姜尙 : 호는 자아子牙. 곤륜산崑崙山 옥허궁玉虛宮에서 40년간 도를 닦음. 원시천존元始天尊의 명으로 하산하여 주왕실을 돕고 아울러 봉신封神의 일을 대행함. 80의 나이에 문왕의 초빙을 받아 승상이 되었고, 무왕의 극존대를 받아 사상보師尙父라 칭해짐. 7번 죽을 고비와 3번의 재앙을 겪었고 봉신의 일이 끝나자 제후齋侯로 봉해지는 등 온 나라의 숭앙을 받음.

강환초姜桓楚 : 은나라 동방 2백 진鎭 제후들의 우두머리인 동백후東伯侯. 딸 강황후가 살해되자 그의 복수를 두려워한 은천자가 유인하여 역모로 몰아 죽임.

강황후姜皇后 : 동백후東伯侯 강환초姜桓楚의 딸. 황후가 되어 은교殷郊와 은홍殷洪 두 아들을 낳음. 달기妲己가 음탕함으로 천자를 이끌자 바른말로 훈계했으나 눈을 도려내고 손을 불로 지지는 형벌을 받고 죽음.

고계능高繼能 : 은나라 장수로서 공선의 부하로 오군구원사五軍救援使임. 그의 법보는 자루를 열면 지네가 밀려나오는 '오봉대蜈蜂袋'. 나타와 대적할 때 '오봉대'를 미처 열기도 전에 '건곤권'에 맞고 도망가다 황천화黃天化를 만났는데, 그를 그 도법으로 죽였으나 황비호黃飛虎의 창에 찔려 죽음.

공선孔宣 : 삼산관의 우두머리 장수. 금계령金鷄嶺에서 주나라 군대에 대항함. 주나라 장수들이나 연등燃燈과 육압陸壓과 같은 도법의 고수들도 하나같이 그에게 속수무책이었으나 준제도인準提道人이 나타나 그를 굴복시킴. 공선은 본래 공작새로 준제도인이 공선을 태우고 서쪽으로 되돌아감.

광성자廣成子 : 원시천존의 문하생. 은교殷郊의 스승. 구선산九仙山 도원동桃源洞에 거함. 주나라를 도왔는데 '금광진金光陣'은 그가 격파한 것임. 화령성모火靈聖母의 '금하관金霞冠'을 격파하고 화령성모를 죽임. '금하관'을 통천교주에게 반납하기 위하여 찾아갔다가, 뜻밖에 그곳에서 언쟁을 일으킴으로써 통천교주가 마침내 분노하여 '주선진誅仙陣'을 펼치게 됨.

구류손懼留孫 : 원시천존의 문하생. 토행손의 스승. 협룡산夾龍山 비룡동飛龍洞에 거함. 하산하여 주나라를 도왔는데 나중에 불교에 귀의하여 성불함.

구인邱引 : 은나라 청룡관의 진수대장鎭守大將. 그는 원래 굽은 자라로 수도하여 사람의 형상을 얻었으며 사도邪道의 술수에 능함. 주나라 군대가 청룡관을 격파하자 그는 토둔법土遁法을 이용하여 도망했는데, 나중에 육압도인의 '비도'에 맞아 죽음.

금광성모金光聖母 · **조강**趙江 · **장소**張紹 · **원각**袁角 · **진완**秦完 · **동전**董全 · **요빈**姚賓 · **백례**白禮 · **왕혁**王奕 · **손량**孫良 : 일찍이 동해 금오도金鰲島에서 수련한 10도우道友들로서 문중이 서기를 정벌할 때 '십절진十絶陣'을 펼침.

금타金吒 : 탁탑천왕托塔天王 이정李靖의 큰아들. 문수광법천존의 제자. 그는 늘 스승의 좌우를 따라다니면서 무슨 일이든지 다 좇아함으로써 적잖은 공로를 세움. 지혜로 유혼관遊魂關을 차지하고 공을 이룬 뒤 산으로 돌아가 육체가 성인이 됨.

나선羅宣 : 화룡도火龍島에서 수도함. 별호는 염중선焰中仙. 그는 360개의 뼈마디를 움직여 3개의 머리와 6개의 팔을 만들어 낼 수 있음. 이정李靖이 '황금탑黃金塔'으로 그를 때려죽임.

나타哪吒 : 탁탑천왕 이정의 셋째아들. 태을진인太乙眞人의 제자인 영주자靈珠子의 환생으로, 태어날 때 오른손에는 황금 팔찌를 들고 배에는 붉은 비단을 두르고 있었음. 석기낭랑石磯娘娘의 제자를 죽이는 등 사방팔방에서 화를 일으켰다가 결국 태을진인에 의해 연꽃화신이 됨. 하산하여 강자아를 도와 많은 공로를 세우고 은나라가 망한 뒤 깨달음을 얻어 성인이 됨.

남궁괄南宮适 : 서주의 대장으로 은나라 군대를 힘써 막음. 강자아의 동정東征을 따라가 특히 많은 공을 세움.

남극선옹南極仙翁 : 원시천존의 문하생으로 항상 옆에서 그를 모심. 신공표가 기린애麒麟崖에서 요술로 강자아를 현혹시킬 때, 그가 쫓아와 백학동자에게 선학으로 변신하게 하여 신공표의 간교한 계책을 저지함.

노자老子 : 성은 이李이고 이름은 이耳이며 원시천존의 대사형. 그는 영원토록 죽지 않는 몸이며, 대라천大羅天 현도동玄都洞 팔경궁八景宮에 거함. 청우靑牛를 타고 작은 지팡이를 들고 다녔으며 호신법보는 태극도太極圖의 '주선진'임. 엄청난 신통력으로 통천교주를 농락했고, 나중에 다시 여러 선인들과 함께

'만선진'을 격파함.

뇌진자雷震子 : 주문왕이 길에서 주워 자식으로 삼음. 마침 운중자雲中子가 오자 그에게 주어 종남산에서 양육하게 함. 7년 뒤 문왕이 임동관臨潼關에서 어려움에 처했을 때, 그는 스승의 명으로 하산하여 문왕을 구해줌. 강자아를 도우려고 두번째 하산했을 때부터 그를 옆에서 모시면서 많은 공을 세움.

등구공鄧九公 : 은나라 삼산관三山關의 총병. 태사 문중의 뒤를 이어 서기를 정벌함. 처음에는 토행손과 딸 등선옥의 도움으로 몇 차례 승리를 했으나, 얼마 후에 토행손이 사로잡혀 주나라에 투항했으며 딸이 토행손에게 속아 부부가 됨. 그래서 등구공도 서기에 귀순하게 됨.

등선옥鄧嬋玉 : 등구공의 딸. 강자아의 계책에 걸려 토행손의 부인이 됨. 주나라 군영에 잡혀갔을 때 그녀는 어쩔 방법이 없었으므로 그녀의 부친을 설득하여 함께 서기에 투항함. 면지현에서 고란영高蘭英의 '태양신침太陽神針'에 맞아 죽음.

등충鄧忠 · **신환**辛環 · **장절**張節 · **도영**陶榮 : 황화산黃花山의 산적. 문중이 서기를 정벌하는 길에 그들을 귀순시켜 부장으로 삼음. 서기를 3년 동안 포위하면서 적잖은 공을 세움. 황화산 4장수로 불림.

마례청魔禮靑 · **마례홍**魔禮紅 · **마례해**魔禮海 · **마례수**魔禮水 : 은나라 가몽관佳夢關의 수장으로 마가 4장수라 불림. 서기를 정벌할 때 맹위를 떨쳤고 봉신된 후 선문仙門에 들어감.

마원馬元 : 도호道號는 일기선一氣仙. 고루산骷髏山 백골동白骨洞에서 수도함. 은홍이 신공표의 유혹에 빠져 스승의 명을 배반하고 주나라를 정벌할 때 그도 역시 하산하여 도와줌. 문수광법천존이 그를 베려 할 때 준제도인準提道人이 쫓아와 간곡히 사정하고 그를 서방으로 데리고 감.

목타木吒 : 탁탑천왕 이정의 둘째아들. 보현진인普賢眞人의 제자. 스승의 명을 받들고 하산하여 강자아의 좌우에서 많은 공로를 세움. 금타와 함께 유혼관을 탈취할 때 계책을 써서 가장 큰 공을 세움. 나중에 산으로 돌아감.

문수광법천존文殊廣法天尊 : 원시천존의 문하생. 오룡산五龍山 운소동雲霄洞에 머물다가 하산하여 주나라를 도움. '곤요승綑妖繩'으로 굴복시킨 규수선虯首仙을 본래의 모습인 사자로 바꾸어 타고 다님. 후에 불교에 귀의하여 문수보살文殊菩薩이 됨.

문중聞仲 : 은나라의 태사太師. 서기 정벌에 나서서 황화산黃花山 4장수를 불러들인 외에, 금오도로부터 10명의 친구를 맞이해와 '십절진十絶陣'을 펼쳤으며, 삼고三姑가 '황하진'을 펼칠 때에도 능력을 발휘함.

방필方弼·**방상**方相 : 키에 엄청난 힘을 지닌 거한형제. 은교殷郊·은홍殷洪 두 왕자를 함께 모셨으나 결국 주나라에 귀순한 뒤 '풍후진風吼陣'과 '낙혼진落魂陣'에서 각각 싸우다가 사망함.

백이伯夷 : 동생 숙제叔齊가 있었으며 은나라의 종실. 은주왕이 간신을 가까이 하고 현신을 멀리하자 두 형제는 수양산首陽山에 은거함. 은나라가 멸망하자 주나라 곡식을 먹는 것을 부끄럽게 여겨 절개를 지키다가 결국 수양산에서 굶어죽음.

비간比干 : 황족신분으로 아상亞相 즉 재상 다음 차례의 직위에 있으면서 직간을 서슴지 않았던 천자의 충신. 그러나 그를 미워하던 달기의 모함으로 천자가 그의 가슴을 갈라 죽임.

서개徐蓋 : 은나라 계패관界牌關의 주장. 강자아가 공격할 때 두 장수를 연거푸 잃자 곧장 주나라에 투항하려다 두타승頭陀僧 법계法戒가 제자 팽준彭遵의 원수를 갚기 위하여 싸움을 돕자, 투항을 미루다 법계가 사로잡히고 나서야 주나라에 투항함. 동생 서방徐芳에게 투항을 권하다가 서방에게 잡혀 갇혔는데 서방의 병사가 패하자 그는 감옥에서 도망침.

서방徐芳 : 은나라 천운관穿雲關의 주장. 형 서개가 그에게 투항을 권하자, 대의大義를 내세워 서개를 가둬버림. 그는 처음에는 용안길龍安吉에 의지하고 나중에는 여악呂岳에 의지하여 일찍이 여러 싸움에서 주나라 병사를 많이 죽임.

석기낭랑石磯娘娘 : 고루산骷髏山 백골동白骨洞에서 수도함. 술법으로 나타의 '건곤권乾坤圈'과 '혼천릉混天綾'을 모두 격파했으나, 나타가 스승 태을진인을 모셔와 '팔괘용수파八卦龍鬚帕'를 격파한 뒤 '구룡신화조九龍神火罩' 안에 가둠. 그녀의 진짜모습은 하나의 막돌이었음.

소달기蘇妲己 : 기주후 소호蘇護의 딸. 구미호리정九尾狐狸精이 그녀로 변신하여 주왕으로 하여금 포락炮烙·채분蠆盆과 주지육림酒池肉林을 만들게 했음. 여와낭랑女媧娘娘의 협조 아래 강자아가 '비도飛刀'로 그녀의 목을 벰.

소호蘇護 : 은나라 기주후冀州侯로 달기의 아버지. 천심을 알고 서기에 투항하여 강자아를 따름. 동관童關에서 싸우다 여조余兆에게 살해됨.

숭후호崇侯虎 : 은나라 4대 진鎭의 제후인 북백후北伯侯. 비중費仲·우혼尤渾과 결탁하여 조정을 농단하고 적성루摘星樓 축조를 빌미로 착복하고 백성을 해침. 주문왕이 생포하여 참수함.

숭흑호崇黑虎 : 숭후호의 동생. 절교截敎에서 사사받아 신통력을 부렸음. '철취신응鐵嘴神鷹'이라는 법보로 고계능高繼能의 '오봉대蜈蜂袋'를 격파했으나 면지澠池에 이르러 장규張奎의 독수에 걸려 '5악五岳'과 함께 죽음.

신공표申公豹 : 옥허궁玉虛宮에서 도를 배워 강자아와 동문임. 강자아가 봉신의 임무를 대행하고 있을 때, 그가 기린애麒麟崖에서 강자아에게 봉신방封神榜을 불태우고 주나라를 쓰러뜨리도록 권유했으며 또한 요술로 강자아를 현혹시킴. 원시천존이 분노하여 그를 기린애 아래에 묶어두려 했으나 교활한 변론으로 벗어남. 그러나 여전히 강자아와 맞서려고 하자, 원시천존이 황건역사黃巾力士에 명을 내려 두 번이나 그를 잡아와 북해안北海眼에 가둠.

양문휘楊文輝·**주신**周信·**주천린**朱天麟·**이기**李奇 : 여악呂岳의 문하생들로서 스승을 따라 서기를 정벌함. 서기성을 몰래 습격했다가 양문휘는 위호韋護에게, 주신은 양전에게, 주천린은 옥정도인에게, 이기는 나타에게 죽임을 당함. 사행온사자四行瘟使者라고 불림.

양임楊任 : 은나라에서 상대부上大夫로 천자에 의해 두 눈이 도려내집. 청허도덕진군淸虛道德眞君이 구제하여 청봉산靑峯山으로 데려다가 제자로 삼음. 두 알의 선단仙丹을 눈구멍에 집어넣자 두 손이 생겨나고 손바닥 안에는 두 개의 눈이 있었음.

양전楊戩 : 옥정진인玉鼎眞人의 제자. 스승의 명을 받들고 하산하여 강자아를 도와 주나라를 일으킴. 그는 일찍이 구전현공九轉玄功을 단련하고 72변환술에 능하여 무궁하고 현묘한 도법을 갖추어 '매산칠괴'를 잡아들이는 등 많은 공을 세움. 후에 산으로 돌아가 육신이 성도聖道를 이룸.

여경余慶 : 문중의 문하생으로 스승을 따라 서기를 정벌하다가 황천화의 화룡표火龍標에 맞아 죽음.

여덕余德 : 동관潼關 주장 여화룡余化龍의 막내아들로 해외로 출가하여 도술을 공부함. 그가 돌아왔을 때 주나라 군대에 의해 다친 부친과 형 여선余先을 치료하고, 주나라 군영에 침입하여 천연두 독을 뿌려 놓음. 그 뒤 몰래 급습했지만 강자아의 '타신편'에 맞고, 다시 이정李靖의 칼에 찔려죽음.

여악呂岳 : 구룡도九龍島에서 수도한 도사. 태어날 때 3개의 눈이 있었으며 때때로 세 머리와 여섯 팔을 나타내 보일 수 있음. 소호가 서기를 정벌할 때 4명의 제자를 거느리고 와서 도와주어 서기성 안의 사람들이 역질에 걸리게 함.

여원余元 : 봉래도에서 수도했으며 도호道號는 일기선一炁仙. 그의 제자 여화가 양전에게 당하자 복수를 시도하나 강 자아의 '타신편打神鞭'에 맞아 부상을 입고 도망침. 그의 '오운타五雲駝'를 탐내어 몰래 훔쳐간 토행손을 붙잡았으나 구류손懼留孫이 구출해 가고, 구류손에 의해 '곤선승綑仙繩'으로 사로잡힘. 육압 도인이 '비도飛刀'를 청하여 그의 목을 벰.

여화余化 : 칠수匕首장군이라는 별칭이 있으며 여원의 제자. 한영이 사수관汜水關을 지킬 때 가장 큰 도움을 줌. 그는 '화혈신도化血神刀'라는 법보를 지니고 있음.

연등도인燃燈道人 : 영취산靈鷲山 원각동圓覺洞에서 수도. 천교의 도사로 도행道行에 원시천존의 버금감. 주나라를 도울 때 문중이 금오도에서 펼친 '십절진'을 그의 지도 아래 차례대로 격파함. '주선진'과 '만선진'을 격파할 때에도 큰 힘을 발휘함.

왕귀인王貴人 : 본래는 옥석비파정玉石琵琶精. 강자아가 그 감춰진 모습을 간파하고 삼매화로 태워 본모습을 드러내게 했지만, 달기가 그녀를 적성루摘星樓에 머물게 하고 5년 만에 다시 본래 모습대로 해줌. 그래서 그녀는 천자를 모시게 되었으나 은나라가 망하자 위호韋護에게 잡혀 목숨을 잃음.

왕마王魔 · 양삼楊森 · 고우건高友乾 · 이흥패李興霸 : 서해 구룡도九龍島에서 수련한 네 명의 도사들로 4성聖이라 불림. 장계방張桂芳을 도와 서기를 정벌함.

용길공주龍吉公主 : 호천상제昊天上帝와 요지금모瑤池金母의 딸. 속세를 그리워했기 때문에 봉황산鳳凰山 청란두궐青鸞斗闕에 폄적됨. 강자아가 주왕을 토벌하는 것을 보고 내려와 도움을 줌. 나선이 서기성을 불태울 때 무위武威를 크게 떨침.

우익선羽翼仙 : 대붕大鵬의 금시조金翅鳥가 변신한 것. 장산이 서기를 정벌할 때 와서 도와줌. 그는 도법을 펼쳐 서기를 발해勃海

로 변화시키려 했는데, 강자아가 미리 북해의 물을 옮겨와 성곽을 둘러싸게 하여 계획을 깨뜨림.

우혼尤渾·**비중**費仲 : 은천자 측근의 간신들으로 온갖 악행을 다 저지름. 원수 노웅魯雄이 주나라를 공격하자 문중聞仲이 참군으로 삼음. 강자아가 사로잡아 봉신대封神臺에서 제사지냄.

운소雲霄·**벽소**碧霄·**경소낭랑**瓊霄娘娘 : 조공명의 누이동생들로서 삼선도三仙島에서 수도함. 조공명이 죽자 벽소와 운소는 오빠의 원수를 갚고자 '황하진黃河陣'을 펼치게 됨.

운중자雲中子 : 종남산終南山 옥주동玉柱洞에서 수도함. 삼고三姑의 '황하진'에 옥허궁의 문하생들이 모두 삼광三光을 잃었을 때 혼자 화를 모면했던 '복덕지선福德之仙'. '주선진誅仙陣'과 '만선진萬仙陣'을 격파할 때 큰 힘을 발휘함.

원시천존元始天尊 : 천교闡敎에 속하는 부류의 조사祖師. 노자老子·통천교주通天敎主와 함께 홍균노조鴻鈞老祖의 제자로 죽지 않음. 곤륜산 옥허궁玉虛宮에 머물면서 12대에 걸쳐 제자를 거느림. 1,500년이 지나면 일어날 큰 난리에 대비하여 각별히 강자아姜子牙를 하산시켜 봉신을 대행케 함. 그는 삼보여의주三寶如意珠를 손에 들고 구룡침향연九龍沈香輦을 타고 다녔으며 무한한 신통력을 지닌 인물.

위호韋護 : 금정산金庭山 옥옥동玉屋洞에서 도행천존道行天尊을 좇아 수도함. 스승의 명으로 하산하여 강자아를 도움. 그의 법보는, 그의 손에서는 마른 풀잎처럼 가볍지만 다른 사람의 몸에 맞으면 태산처럼 무거워지는 '항마저降魔杵'. 공을 이룬 뒤 산으로 돌아가 육체가 성인이 됨.

육압도인陸壓道人 : 서곤륜산西崑崙山의 은사. '정두칠전서釘頭七箭書'로 조공명을 죽이고 또한 '열염진烈焰陣'을 격파함. 삼고三姑가 조공명의 원수를 갚으러 왔을 때 무지개로 변하여 도망함. 삼교가 회합하여 '만선진'을 격파할 때 그는 다시 싸움을 도왔으며, '비도飛刀'를 써서 구인邱引의 목을 벰. 나중에 그는 자기의 법보인 '비도'를 강자아에게 주고 떠남.

은교殷郊·**은홍**殷洪 : 은천자의 아들들로 모친 강 황후가 달기에게 처참한 죽임을 당하자 달기를 죽이려 했으나 실패함. 그 뒤 은교는 광성자廣成子를, 은홍은 적정자赤精子를 각각 스승으로 모시고 도를 닦음. 스승의 지시로 강자아를 도우려 했으나 신공표의 감언이설에 현혹되어 도리어 은나라를 위해 싸움.

이정李靖 : 도액진인度厄眞人에게서 가르침을 받고 하산하여 은천자를 보좌함. 진당관陳塘關 총병總兵벼슬에 있었으며, 이후 세 아들과 함께 주왕조에 적잖은 공로를 세움. 뒤에 육신이 성도聖道를 이룸.

이평李平 : 기氣를 수련한 도사. 여악이 '온황진'을 펼치자 특별히 와서 그만두라고 권했으나 여악이 듣지 않음. 그는 그대로 머물러 있다가 양임이 와서 진을 격파할 때 잘못하여 '오화선'을 그에게 부치는 바람에 재로 변함.

자항도인慈航道人 : 원시천존의 문하생. 보타산普陀山 낙가동落伽洞에 거하다가 하산하여 주나라를 도왔는데 '풍후진'은 그가 격파한 것임. '황하진'에 빠져 이마 위의 삼광을 잃어버림. 금광선金光仙의 본래 모습인 금빛 털이 달린 사자를 타고 다님. 나중에 불교에 귀의하여 관세음보살觀世音菩薩이 됨.

장계방張桂芳 : 은나라 청룡관青龍關의 총병으로 서기를 정벌함. 그는 좌도左道의 술사로서 그의 술법에 황비호가 당할 뻔 함. 그러나 장계방의 술법이 나타에게 통하지 않아, 나타의 '건곤권'에 맞아 왼쪽 팔이 부러져 군영으로 패주함. 주나라 군대에 사로잡히자 자결함.

장산張山 : 은나라 삼산관三山關의 총병으로 어명을 받들고 서기를 정벌함. 그 자신은 도술을 부릴 줄 몰랐으나 우익선羽翼仙·은홍殷洪·나선羅宣·은교殷郊 등이 차례로 와서 도와주어 적잖은 전승을 올림.

적정자赤精子 : 원시천존元始天尊의 문하생. 태화산太華山 운소동雲霄洞에 거함. 주나라를 도왔는데 요빈이 펼쳐놓은 '낙혼진落魂陣'에 세 차례나 쳐들어감. 나중에 '황하진黃河陣'에 걸려들어 이마 위의 삼광을 잃어버림. 은홍이 그의 제자였는데 그 때문에 한차례 곤욕을 치름.

접인도인接引道人 : 서방西方의 교주로 연꽃의 화신. 준제도인準提道人과 함께 두 차례 동토東土로 가서 노자老子와 원시천존元始天尊을 도와 '주선진誅仙陣'과 '만선진萬仙陣'을 격파했으며, 아울러 서방과 인연이 있는 몇몇 사람을 구제해줌.

정륜鄭倫 : 기주후冀州侯 소호蘇護 휘하에서 오군구원사五軍救援使를 지냈으며, 소호가 서기를 정벌할 때 따라감. 그는 이인에게서 전수받은, 코를 한 번 풀면 두 줄기의 흰 빛이 콧구멍

속에서 분출되어 이를 본 적장이 기절하여 땅에 쓰러지는 도술을 씀. 금대승金大升의 손에 죽음.

조공명趙公明 : 아미산峨嵋山 나부동羅浮洞에서 수도함. 문중의 부탁으로 서기 정벌에 참여함. 그는 싸움에 나서자마자 채찍으로 강자아를 때려죽임. 또 황룡진인黃龍眞人을 잡아 깃대 위에 매달아 놓기도 했으나, 그와 원수지간인 육압도인이 와서 '정두칠전서로 그를 죽임.

조전晁田 · 조뢰晁雷 : 은나라에서 우성佑聖상장군에 봉해짐. 태사 문중의 명으로 동생 조뢰와 함께 군대를 이끌고 서기를 탐문하기 위해 갔으나 싸움에 나자마자 조뢰가 황비호에게 붙잡혀 주나라에 투항함. 조뢰가 조전에게 귀순을 권하자 그는 그 기회를 이용해 강자아를 속일 계획을 세웠으나 강자아의 계획에 걸려들어 도리어 붙잡힘. 그 역시 주나라에 투항함.

주무왕周武王 : 이름은 희발姬發이며 문왕의 아들. 문왕이 죽자 왕위에 오름. 은주왕이 포악하여 어질지 못하자 천하의 제후를 이끌고 함께 은주왕을 정벌함. 조가가 격파되어 은주왕이 분신자살하자 제후들이 모두 그를 천자로 추대함. 그는 호鎬땅으로 천도함.

주문왕周文王 : 이름은 희창姬昌. 은나라 때 서백西伯에 봉해져 서방 2백 진鎭의 제후들의 우두머리가 되어 기산岐山 아래에 도읍을 정함. 금琴을 잘 탔으며 능히 '선천수先天數'를 풀 수 있었음. 은나라 주왕이 참언을 믿고 그를 유리羑里에 가뒀는데 7년 만에 비로소 석방되었다가 얼마 뒤에 죽음.

주왕紂王 : 이름은 수신受辛이며 성탕成湯의 28대 은나라 마지막 천자. 견실하고 힘이 엄청났으나 달기를 총애한 뒤 방탕 무도해짐. 왕성 조가朝歌의 적성루摘星樓에서 분신자살함.

준제도인準提道人 : 접인도인接引道人과 함께 서방의 교주. 연꽃의 화신이며 불법이 광대무변함. 그는 접인도인과 함께 일찍이 두 차례에 걸쳐 동토東土로 와서 노자와 원시천존을 도와 '주선진'과 '만선진'을 격파했으며, 아울러 서방과 인연을 맺은 몇몇 사람들을 구제해줌.

진기陳奇 : 은나라 청룡관靑龍關의 독량관督糧官. 그는 뱃속에 한 줄기 황기黃氣를 배양했는데, 입으로 황기를 내뿜으면 무릇 피와 살이 붙은 모든 것은 혼백이 저절로 흩어짐. 최후에 나타의 '건곤권'에 맞아 팔을 다치고 황비호의 창에 찔려 죽음.

청허도덕진군淸虛道德眞君 : 원시천존의 문하생. 청봉산靑峯山 자양동紫陽洞에서 살다가 하산함. '홍수진紅水陣'을 격파했으나 불행히도 '황하진'에 걸려들어 이마 위의 삼광三光을 잃어버림. 황천화와 양임楊任이 모두 그의 제자임.

최영崔英·문빙聞聘·장웅蔣雄 : 비봉산飛鳳山에서 임시로 기거했으며 숭흑호와는 매우 친밀함. 황비호의 부탁으로 숭흑호와 이들 세 사람이 함께 가서 한 번에 고계능을 제거했는데, 이를 일러 '오악제흑살五岳除黑煞'이라 함. 면지현에 이르러 장규張奎에 의해 오악은 한날 죽음.

태을진인太乙眞人 : 원시천존의 문하생. 나타의 스승. 주나라를 도와 '화혈진化血陣'을 격파했으나 '황하진'에 걸려들었다가 구출될 때 머리 위의 삼광三光을 잃어 다시 수련을 쌓게 됨.

토행손土行孫 : 4척 남짓의 단신으로 쇠몽둥이를 잘 쓰고 지행술地行術에 능함. 신공표의 꾐에 넘어가 사부인 구류손의 '곤선승'을 훔쳐 달아나 등구공이 서기를 토벌하는 데 도움을 줌. 구류손은 토행손에게 등선옥을 아내로 맺어줌으로써 마음을 사로잡음. 그 후 토행손은 서기를 위해 수많은 공로를 세웠으나 결국 협룡산夾龍山에서 퇴각하다 장규에게 살해당함.

통천교주通天教主 : 절교截教의 조사. 벽유궁碧遊宮에 거하면서 가르침에 유파가 없어서, 누구든지 찾아오면 물리치지 않았으므로 제자가 특히 많음. 삼교三教에서 함께 '봉신방封神榜'을 세울 때 그 자리에 참여하여 서로 도와 평화롭게 지냈으나, 다보도인多寶道人의 참언을 듣고 마침내 천교와 대결함.

호희미胡喜媚 : 구두치계九頭雉鷄의 정령이 변신한 것으로 달기·왕귀인과 함께 날마다 궁중에서 천자를 미혹시켜 은나라를 망하게 함. 결국 양전楊戩에게 잡혀 죽음.

홍금洪錦 : 은나라 삼산관三山關의 총사령관. 서기를 정벌함. 그는 좌도술사左道術士 출신으로 '기문둔旗門遁'술법을 운행하여 희숙명姬叔明을 죽임. 용길공주에 의해 죽기 직전, 다행히 월합노인月合老人이 와서 사형을 면하고 도리어 용길공주와 혼인함. 이로부터 그는 서기에 귀순했으나 '만선진'에서 죽음.

화령성모火靈聖母 : 통천교주의 문하생. 구명산九鳴山에서 수도함. 제자 호뢰胡雷가 홍금洪錦에게 살해당하자 원수를 갚으러 하산함. 홍금을 죽이려다 수레바퀴가 대파되어 하마터면 목숨을 잃을 뻔함. 광성자가 '소하의扫霞衣'로 그녀의 '금하관'을 격파하고, '번천인番天印'을 사용하여 그녀를 죽임.

황곤黃滾 : 은나라 계패관界牌關의 총병으로 황비호의 아버지. 황비호가 반역하고 5관을 벗어날 때 그를 붙잡아 조정에 바치려 했으나, 황명黃明의 계략에 걸려 주나라에 투항함.

황룡진인黃龍眞人 : 원시천존의 문하생. 이선산二仙山 마고동麻姑洞에 거함. 하산하여 주나라를 도움. '황하진'에 빠져 이마 위의 삼광을 잃어버렸으므로 다시 수련을 쌓아야만 함.

황비호黃飛虎 : 천자를 위하여 많은 공을 세워, 무성왕武成王에 봉해짐. 천자가 그의 부인 가씨賈氏를 능욕하여 누대에서 떨어져 죽게 하고, 그의 누이동생인 황비黃妃 또한 천자에 의해 죽음. 격분한 그는 은나라에 반역하고 주나라에 투항하자 주무왕이 그를 개국무성왕開國武成王에 봉함. 황천화黃天化·황천상黃天祥·황천록黃泉祿·황천작黃天爵 4명의 아들이 있음.

황천화黃天化 : 황비호의 아들. 청허도덕진군에게 도를 닦음. '찬심정攢心釘'을 사용하여 마가魔家의 네 장수를 때려잡음.

희백읍고姬伯邑考 : 주문왕의 장자. 고아한 풍모에 금琴을 잘 탐. 달기의 온갖 유혹을 거절하자 앙심을 품은 달기에 의해 죽은 뒤 다진 고기 전병으로 만들어져 주문왕에게 보내짐.